AF196321

Heike Langschuh

Wartezimmerkonfitüre

Mein Horoskop von Dienstag # Waage # 24.09. – 23.10.

Vergessen Sie nicht, dass Ihr Gegenüber nicht die leiseste Ahnung von dem hat, was hinter Ihrer Stirn vor sich geht. Sprechen Sie sich aus !
(Da kennt mich wohl jemand!? Na und!)

Vorwort

Es gibt Ereignisse im Leben, die muss man aus seinem Hirn verbannen. Da ist mitunter so viel nutzloses Wissen gebunkert! Wie im Rechner. Wichtiges, Lustiges und Schönes wird gespeichert. Der Rest kann weg. Die Festplatte einfach mal löschen!

Ich bin ein positiver Mensch. Immer optimistisch! Immer mit einem Grinsen im Gesicht oder einem blöden Spruch auf den Lippen, um meinem Gegenüber ein Schmunzeln zu entlocken. Ich hab auch den Hang zu unüberlegten Albernheiten. Wer mich kennt, wird ahnen, was gleich kommt. Es ist in der Tat nicht einfach, mich gegenüber sitzen zu haben, oder was auch immer. Mein Kollege sagt dann, er hat Angst davor, dabei zu sein, wenn ich mal nachts auf dem Parkplatz auf `s Maul kriege. (Wer hält denn dann meinen Rucksack? Soll ich den derweil in den Dreck schmeißen?)

Ich lasse Dich an einem Jahr in meinem Leben teilhaben. Ich muss mal wieder richtig abledern, ausmisten, Platz machen …

Früher hab ich schlimme Dinge in Briefen verarbeitet, die ich Freunden oder meiner Schwester geschrieben hab. Da konnte ich mein Gehirn noch frei machen. Seit mein Junge in der Schule ist, nehme ich mir dafür keine Zeit mehr. Mein Ausredenkatalog ist dick. Da steht für jede Situation genau das Richtige drin. So etwas braucht man heut zutage und je älter man wird, noch viel mehr.

Frau Hummel sagt: „Aus einem Trauma kann sich durchaus eine Neurose erwachsen."

Ich bin schwer traumatisiert.

Frau Hummel ist die Schulbegleiterin von meinem Jungen. Wann immer es möglich ist treffen wir uns. Die Frau ist ein Segen für uns. Mir nimmt sie Bedenken und meinem a-typisch autistischen Kind gibt sie Lebenssicherheit. Das ist verdammt wichtig. Wir sind ein gut eingespieltes Team, schwimmen vielleicht sogar auf einer ähnlichen Wellenlänge …

Mai 2016

Über unserem Dorf liegt der Schleier der Nacht. Es ist friedlich. Es ist ruhig. Total idyllisch. Die Nachtigallen rollen sich ihre Lieder zu. 2.30 Uhr beginnen die Feldlerchen. Die haben „ihren" Platz auf der Wiese unter den kleinen Kastanienbäumen, direkt hinter unserem Haus. Total romantisch.

Es ist Frühling.

Ich wohne schon immer hier. Das Dorf ist meine Heimat. Hier kennt jeder jeden. Ist auch nicht sooo schwer!! Wir sind um die 400 Einwohner und es werden immer weniger! Das Alter …

Die Wiese ist durch einen kleinen Weg geteilt. Auf der einen Seite tummeln sich die Feldlerchen, auf der anderen zirpen die Grillen. Neben der Wiese ist der neue

Damm. Die Wyhra ist beim vorletzten Hochwasser bedrohlich angestiegen. Früher war da eine Durchfahrt für Trecker. Als Kinder sind wir oft da durchgewatet und haben uns an der Furt den Schlamm von den Beinen gewaschen. Die Furt konnte man aus der Ferne nicht so gut einsehen. Das war für uns ideal zum Frösche angeln. Einen Stock mit einem Taschentuch über`s Wasser halten und abwarten. Wenn einer „angebissen" hat, musste man schnell sein. Frösche sind ja auch nicht doof. Den Frosch gut festhalten, Trinkstäbchen rein und … Mann, waren wir Plagen sadistisch!!

Aber die Hochwassersperre gab es nicht mehr. Wir hatten auch nach der Flussbettverlegung noch nie so ein Hochwasser. Darum gab es den neuen Damm. Seit man vom Klimawandel spricht ist auch bei uns hier einiges im Argen. Und seit die Tagebaue um uns herum geflutet wurden und die Brikettfabriken weg sind, ist es auch an den Menschen zu spüren. Kaum einer, der noch wirklich gesund ist. Früher haben wir unsere Medizin geatmet, wurden wir mit Kohlendreck und Flugasche gepudert. Das gibt es alles nicht mehr.

Vermisse ich es? Nein!! Nicht wirklich!! Obwohl – in unserem Tagebau hab ich gern gearbeitet … Vorbei!!! Man muss sich auch trennen können!!!

Die kleinen Sänger werden jäh vom Krächzen einer Krähe unterbrochen. Was hat denn die um diese Zeit schon hier verloren? Ist die mit ihrem massigen Körper vom Ast gefallen? Oder ist der Ast abgebrochen, auf dem sie gesessen hat? Dann geht das Zwitschern weiter. Es werden immer mehr von diesen kleinen zarten Stimmen. Amseln, Meisen, Spatzen, Rotschwänzchen … Ich höre mir das wirklich gerne an. Herrlich!! Irgendwann erwacht auch der Kuckuck, der auf der anderen Seite der Wyhra wohnt. Vorsichtig ruft er in den erwachenden Morgen. Erst zögerlich einen Ruf, dann noch einen, noch einen. Dann wird er aber nervig!!!

Für kein Geld der Welt würde ich mein Dorf verlassen. Hier habe ich alles was ich brauch.

Wir haben einen Garten, die Autos stehen vorne auf dem Parkplatz. Unsere Wohnung … Ok, da hört die Idylle erst mal auf. 64 qm, Neubaublock aus den 70er Jahren. Über uns leben geh- und hörgeschädigte Rentner. Unter uns leben hörgeschädigte Rentner mit Raucherhusten. Die Kläfferei stört aber zum Glück nicht das Vogelzwitschern.

Mit Kindern ist es auch nicht mehr so gut bestellt. Wenn ich mir vorstelle, dass hier früher um die 50 Plagen gelebt haben … Jetzt kann man sie an 2 Händen abzählen. Wir haben eins; im Nachbareingang wohnt eins; vorne im 1. Eingang wohnt eins … Die Arbeit hat die Leute aus dem Dorf getrieben. Ich fahr auch jeden Tag in den Leipziger Norden. Zum Autos bauen. Unterwegs sinniere ich manchmal wie es wäre, wenn …

Mein Kopf ist voll merkwürdiger Gedanken. In den letzten Monaten hat sich da einiges angestaut! Ich platze, wenn das nicht raus kommt! Die Schubladen laufen über! Ja, sowas hab ich im Kopf. Immer, bevor ich etwas sagen kann, geht mein Kopfkino los. Die Schubladen werfen sich Bilder und Wörter zu und ich guck mir das mit dem inneren Auge an. Meistens sind die Filme lustig, aber in der letzten Zeit …

***

Jetzt geht das schon seit Juli letztes Jahr. Ich kriege nachts kein Auge zu, bin wie erschlagen. Ich kann nicht mehr schlafen. Ich hab Ärmelschmerz! Ich wälze mich die ganze Nacht und bin von mir selbst genervt! Doch dann geht endlich der Wecker los! 3.20 Uhr! Ich darf endlich aufstehen! Fix und fertig, aber endlich nicht mehr liegen müssen … Und als erprobter Morgenmuffel gibt`s zum Frühstück Clown! Bei anderen eher Sauerkraut, ich brauch aber meine Dosis Spaß gleich früh zum Überleben. Nein, nicht was du denkst. Mir reicht die Seite mit den Witzen. Wo ist denn meine Zeitung heute? Kaffee, Bemme und danach werfe ich mir eine Ibu ein. Nachtisch. Sind nur noch 2 in der Packung … Verdammt!!
Wir haben Frühschicht. Ich bin einer der Springer. Seit Monaten plagt mich dieser verdammte Schmerz in der Schulter und im Arm. Schweller rechts versuche ich zu meiden! Freihandschrauben bringt mich irgendwann um. Heute ist wieder so ein Tag! Verdammte Axt! Wenn das nicht aufhört muss ich zum Doc!
Ich bin die Erste in der Schwenke. Kaffee kochen, Zettel tauschen, Schränke aufschließen, Arbeitsplatz kontrol-

lieren … Die andere Schicht lässt manchmal was für uns übrig. Dafür bin ich ja da.

Heute war wieder Kaffeefach auffüllen dran. Milch, Zucker, Kaffee, Filtertüten. Hab auch paar Kekse mitgebracht. Die meisten von meinen Helden haben nicht wirklich gefrühstückt. Ich kann das nicht leiden!! Hunger macht böse!!

Die ersten Kollegen treffen ein. Tom freut sich: „Der Kaffee duftet ja schon! Heike ist da. Toll!!"

Dann kommen nach und nach die anderen. Der Pausenraum ist gut gefüllt. Nur noch ein paar Minuten, dann geht's los.

Die 1. Runde Springen beginnt. Mir brummt der Ast! Bin zuerst im Einlauf. Schorsch ist auf Antenne. Der war wegen seiner Schulter erst wochenlang krankgeschrieben. Hab ihn gefragt, was bei ihm gemacht wurde. Schorsch sagt, Ibu und Strom haben gereicht … Naja, geht ja noch. Dann wird es bei mir auch nicht viel schlimmer sein!!!! Vielleicht trau ich mich ja doch mal zum Doc, wenn nichts mehr geht.

Dann bin ich bei uns. Renato ist schon seit Oktober wegen seiner Schulter zu Hause! Der soll aber dem nächst wieder kommen. Am Tank merke ich, dass was nicht wirklich passt. Mir ist komisch im Ärmel. Gehe weiter zum Einfüllrohr. Verschrauben mit links ist noch ok! Aber die hässlichen kleinen Stopfen sind furztrocken! Ich brauch viel Kraft!! Zu viel!! Mit rechts und links … Geschafft …

Radhaus! Ich hab eine Tröte einzubauen. Hab wohl bisschen komisch angefasst. Das gab mir gerade einen Hieb!!! Kurz durchatmen, weiter … Schweller links … Stopfen setzen, vorne im Radhaus und im Schweller … Verdammt!!! Ich hatte gerade wieder so einen fiesen Hieb!!! Durchatmen hilft nicht … Scheiße!!! Reißleine!!! Hilfe!!! Jetzt ist sie kaputt …

„ Bummi – kannst du mich für die nächste Runde aus dem Springen nehmen? Ich geh mal vor zum Doc."

Wir waren mit dieser Runde gerade durch. Das war Glückssache!!

Mein Arm ist taub vor Schmerz!! Vom Hals an, bis in die Fingerspitzen. Ich will das nicht!!!

Bin im Med-Punkt. Es ist sehr still dort. Da scheint keiner da zu sein. Zumindest saß aber eine Schwester da, hinter der Tür. Die hab ich auch gleich vollgequatscht. „Ich brauch mal was." Sie fragte: „Was ist denn los?" „Ich brauch was zum Durchhalten. Ist ja nur noch heute und morgen. Krieg ich bitte eine Pille gegen Knochenschmerz. Mir brummt die rechte Seite und links ist mir ein komisches Ding gewachsen. Im Handgelenk. Das drückt wie Huf. Da müsste, glaub ich, was gestützt werden."

Hab eine Ibu bekommen und einen blauen Stützverband. Voll schick. „Das Ding ist ein Ganglion. Das muss raus operiert werden, wenn es stört." (An mir wird nicht rumgeschnippelt!)

Ich mach den Rest der Schicht weiter rechts am Schweller! Stopfen drücken! Eine Stunde vor Feierabend hat der Roboter aufgegeben! Jetzt muss ich alle Stopfen machen!! Verdammt!! Mein linkes Handgelenk fault weg!! Rechts funktioniert nicht wirklich!!

Bummi macht gerade Einteilung für die nächste Runde. „Ich bin raus! Kannst du bitte einen Ersatzspringer einteilen? Das funktioniert bei mir nicht." „Ok. Rocco ist ja heute da! Läuft! Und wie ist es mit Morgen? Denkst du das geht dann wieder?" fragt er mich … „Nee!!" … Morgen ist Samstag. Da kriegen wir so schnell keinen Ersatz. Weiß ich! „Die Beine laufen ja noch. Ich bin morgen da, aber tauge nicht zum Springen!! Lass mich rechts den Schweller stopfen! Das könnte noch funktionieren. Montag geh ich zum Doc! Definitiv! Hab keine Reserven mehr!"

✳✳✳

Dann ist Montag, 09.05.2016.

Die Nacht war wieder fürchterlich! Ich steh am Waschbecken, gucke in den Spiegel. Meine Augenringe sind schon so dick und schwarz – wie Autoreifen. Der Schock reicht für den Rest des Jahres. Ich häng das Ding besser wieder zu. Heute geh ich zu meinem Hausarzt. Dem vertrau ich!! Den kenn ich, seit ich Stift war. Ich bin Ü 50 und hab Angst vor`m weißen Mann!! Das geht doch gar nicht!! Nein!!! Ich hab nicht einfach nur Angst!! Ich schiebe voll die Panik!! (Heike!! Du kennst deinen Doc!! Alles wird gut!! Trau dich!!) Mein Hirn versucht mir Mut

zu machen. Ich brauch erst eine Weile. Sitze im Wartezimmer, darf auch noch bisschen draußen warten. Dann
werde ich aufgerufen.

Hab ihm erzählt, was Freitag und Samstag bei der Arbeit los war. Er zückt den gelben Zettelblock und verpasst mir 2 Wochen Ruhe und Physio. Dann bin ich vielleicht auch wieder fit! „Hol dir mal noch die Schmerzpil-
len in der Apotheke! Ist ganz sicher auch was entzün-
det. Wenn es nicht besser wird kommst du wieder her!"
Ich hab mir echt Mühe gegeben ... Aber es wurde nicht
besser!

Wir arbeiten auch am Samstag. Ist ganz normal. Mein
Schein ging bis Freitag. Also muss ich zum Doc. Und das
Schlimmste!!! Mein Doc ist nur noch montags in der
Praxis! Der geht einfach in Rente! Hallo – was soll ich
denn jetzt machen?

Freitags ist Marko da, der kleine Bruder vom Doc. Hab
wieder den Urschleim aufgewühlt und erzählt. Der
zückt den gelben Zettelblock, guckt mich so an und
fragt, ob ich schon zum Röntgen war ... Nee!! Das war
so nicht geplant! Ich kann doch auch nichts dafür, dass
der blöde Ärmel länger Ruhe braucht. Hab nur mit dem
Kopf geschüttelt. „ Du gehst röntgen und dann kommst
du wieder her."

„Ok."

Und dann war ich wieder da. Wieder bei Marko. Men-
schenskinder, mit dem kann ich nicht. Der ist zwar voll
lieb. Aber ... das geht nicht ... Der hat sich den Bericht
vom Röntgen angesehen, hochgeguckt und gefragt: „Und

wie ist es jetzt?" – „Immer noch genau so doof!" – „So …, dann schick ich dich zum MRT!"

Na Gott sei Dank!! Den nächsten Termin kann ich wieder bei meinem Doc machen! Nächste Woche!

***

Am ersten Wochenende im Juni ist bei uns Dorffest. Das ist jedes Jahr schön. Wir treffen uns im alten Rittergutspark. Bei Musik, Bratwurst und Getränken ist die Stimmung ganz schnell recht ausgelassen. Es gibt immer ein kleines Programm und ein bisschen Show. Da gibt`s auch eine Tombola ohne Nieten. Die Preise spenden verschiedene Firmen und wir Einwohner. Sind jedes Jahr tolle Sachen dabei. Ich hab auch wieder was dazu gegeben. Muss ja auch alles finanziert werden. Meistens besuchen uns auch diverse Schausteller und einige Vereine aus der Umgebung.

Aber dieses Jahr trau ich mich nicht hin!! Mir brummt der Ast … Ich hab Angst davor, von Leuten angerempelt zu werden … Mir reichen die Eigenschmerzen total aus!! Beim Tanz im Zelt würde ich eh bloß rumsitzen! Wir haben da einen total coolen DJ. Und wenn der Bullie vom Nachbardorf mit seiner Frau tanzt, guckt das halbe Dorf neidvoll zu. Die beiden laufen auf, wie die Profis!! Das muss man gesehen haben!!

Ich hab mich mit meinen Lieblingskollegen verabredet. Wir treffen uns am Bootshaus.

Gegen halb elf sind wir in die Spur. Unterwegs wurde ich geblitzt!! Ich Troddel!! Ich kenne den Blitzer!! Egal!! Erinnerungsfoto!! Hoffentlich hab ich nicht zu verkrampft geguckt!!

Wir haben uns für „über Nacht" angemeldet. Dann kann ich zum Grillen auch ein Bier trinken.

Ich bin jetzt schon ziemlich lange zu Hause. Ich bin doch auch neugierig, wie es im Betrieb läuft …

Der Kurze ist mit den Mädels vom Kollegen in den Büschen. Der kennt sich hier inzwischen ganz gut aus. Der weiß genau, wo er Eidechsen finden kann … Wir haben uns auf fast dem ganzen Gelände ausgebreitet. Wir sitzen draußen beim Käffchen und quarken den Kümmel aus dem Käse … Abends haben wir den Grill angeschmissen … Wir haben richtig viel gelacht … Mir tut zwar alles weh, aber ich bin gerne hier!! Mit meinen Leuten ist es herrlich entspannend. Der Kurze hat auch Sauerstoff und Beschäftigung. Der mag die kleinen Mädels vom Kollegen echt gerne. Vor den beiden Größeren, von meinem anderen Kollegen, hat er ein bisschen Dampf. Aber sie würden ihm auch fehlen, wenn sie nicht dabei wären. Manchmal spielen unsere Kinder auch alle zusammen! Ball und so was … Oder die sitzen wie die Orgelpfeifen nebeneinander und zocken um die Wette …

Das kann man in der Tat auch „kleines Urlaubchen" nennen … Ist jedes Mal schön und immer viel zu schnell vorbei!!

Sonntagnachmittag waren wir dann doch mal auf dem Festplatz zu Hause. Ich hatte keinen Bock zu kochen und es gab ja noch Wurst und Hack- Rib … Waren auch einige Leute zum Quatschen da. Was soll`s!! Ich hoffe, wir können nächstes Jahr ein Dorffest machen. Dann geh ich wieder hin …

***

Hab mein MRT vor mir, dauert noch eine Woche! Mein Doc grinst: „Ja, ist dann mal so! Du kannst noch nicht wieder gehen! Wenn du bei dem Termin warst, dauert das etwa 10 Tage. Dann hab ich den Bericht, dann kommst du wieder zu mir!" „Ok."
War da!! MRT ist auch lustig. Da kriegst du „Techno beats" ins Hirn gepresst. Es ist unglaublich. Mir klingeln jetzt noch die Ohren. Meine Richtung ist eher Hard Rock, Heavy Metal. Ich hätte mich vor Lachen fast geschüttelt. (Heike, du darfst dich nicht bewegen! Reiß dich zusammen!) Ich kann nichts dafür … Ich bin hochgradig albern …
Hab danach geduldig gewartet und bin wieder zu meinem Doc. Der guckt sich den Bericht vom MRT an. Sein Gesicht sieht heute komisch aus! Dann greift er nach einem Block, der ist aber nicht gelb! Er guckt mich heute so komisch an! Was ist denn los? Ich glaube, jetzt krieg ich Angst!
Er guckt heute so komisch! „Du gehst mal zum Dr. Langer! Der ist neu bei Berentz und Groß, dem gibst du den Bericht!" „OK. (???)"

Ich pack meine Schecke. Erst mal heim. Mir ist schlecht. Berentz und Groß haben ja noch bis abends offen. (War neulich mit der Mutter da, hab ich mir gemerkt.) Kind von der Schule abholen, durchatmen und los!!

Stopp!!

Noch mal schnell ins Netz gucken!! Information suchen!! Wer ist das, zu dem ich soll? Hab nichts gefunden!! Der ist nicht von hier!

Ich hab Riesenpanik!!! Mir ist schon wieder kotzübel!! Die Bewertungen zu den beiden anderen machen mich nicht gerade zuversichtlich!! Was wird mich da wohl erwarten???

***

Ganz schön voll bei Berentz! Ich soll zu Langer! Anmeldung direkt. Die gute Frau am Tresen ist sehr freundlich und schmunzelt. Das macht mir ein bisschen Mut. Hab ihr die CD und den Bericht gegeben. Sie guckt hoch und sagt: „Das ist wieder typisch Dr. Sommer!" (Was?) „Naja, ich warte dann mal draußen!" (Mit dem blöden Bericht in der Hand.) Ich kann aber nicht sitzen, bin voll aufgeregt. 20 min später werde ich aufgerufen!

Auf dem Schild neben der Tür steht:

> Dr. Langer – Füßedoktor < -- Eeekelhaft!!!

Hoffentlich hat der sich die Hände gewaschen!! Mich schüttelt's!! Hab den Typen gesehen, der da gerade vor mir drin war …

In Bruchteilen einer Sekunde nimmt mein Hirn das Flair einer Umgebung auf, das über Angst und Reden können entscheidet. Resultat – Angst!!!

Der Dr. Langer ist neu???

Der ist vielleicht weichgespült, aber neu?

Mit einem freundlichen „Guten Tag, was kann ich für Sie tun?" werde ich in „seinem Königreich" empfangen. Mein Hirn ist irritiert. So, wie der spricht, sieht der gar nicht aus. Aus mir kommt nur ein verhaltenes „Hallo." Eigentlich bin ich eher der herbe, naive Typ, der laut durchs Leben poltert ... Ich werde platziert und reiche ihm die Kopie. Der zieht sich den Bericht rein, guckt mich voll böse an (mit so einem stechenden Blick) und FRAGT MICH: „Was soll ich denn jetzt hier noch machen?" Meine Gedanken überschlagen sich förmlich! (Was Gescheites wäre toll! Weichei!! Wenn du jetzt noch anfängst zu heulen, dann hat der gewonnen!!!) Ich hab ein riesiges Fragezeichen im Kopf!! Ich hab eine Sprachblockade. Buchstabensalat auf der Zunge ... Hallo? Wer von uns beiden ist denn hier der weiße Mann? Warum fragt der MICH solche Sachen? Das weiß ich doch nicht! Alter, du hast das doch gelernt! Wenn du das nicht weißt, wer dann? Aus mir kommt nur Dünnes!! (Gott sei Dank kann der keine Gedanken lesen.) Ich will sterben! Doc, wo hast du mich hingeschickt? Der Typ ist voll gruselig und der macht keine Knoten ... In dem Bericht stand etwas von einer gerissenen Sehne. Dann geht's weiter mit Text. Der ist sehr höflich und versucht mir zu erklären, was er von mir wissen will. Ein

Sachse ist der aber, denk ich, nicht!! Das ist eher leicht preußischer Dialekt. (Ich mag preußischen Dialekt ganz gern, habe in Berlin und Potsdam Familie und Verwandtschaft.) Er fängt an mir Fragen zu stellen! Lässt mich unter Schmerzen den Hampelmann machen …

„Hatten Sie einen Unfall?" Was?

„Ich bin beim Arbeiten kaputt gegangen!" (Ich kann nur sächsisch reden. Wie kommt der denn auf die Idee? Der versteht dich doch eh nicht! Da kannst du auch die Gusche halten!)

Muss schon wieder den Urschleim aufwühlen!! Ich will heim! Mir brummt der Ast! Ich will nicht reden! Ich kann das nicht beschreiben! Ich kenn den Typen nicht! Das geht den gar nichts an!

Aber ganz ohne Information geht's leider auch nicht! Also, fast die ganze Geschichte von vorn! Geduldig hört er die paar Worte an, die mich verlassen konnten!!

Puh, das war mutig! 3 Sätze am Stück!! Der zückt einen Block. Hab nicht nach der Farbe geguckt. Ich will einfach nur weg! Mich gruselt`s. Der fragt so unglaublich viel! Was? Ich kann nicht reden! Hab immer noch die Sprachblockade.

„Sie gehen in die Schultersprechstunde! Sie rufen aber erst da an, grüßen die Chefarztschwester von mir und machen einen Termin!"

„Ok." (??? Bin ich jetzt fertig?) Nee!! Jetzt gibt's noch Papier!!

„Brauchen Sie einen Krankenschein?" „Nö."

„Haben Sie Medikamente bekommen?" „Ja."

„Was?"

(Weißt du doch nicht! Ich hab Kopfkino, muss grinsen!)

„75er Diclos ."

„Sie gehen zur Physio!!"

Hatte ganz plötzlich dieses lange Gesicht und Kopfkino ...(Bewegen??? Ich??? Der Antisportler!!!) Ich war schon lange nicht mehr so lange bei einem weißen Mann im Zimmer!! Das dauert!!

Der hackt in seinem Rechner rum! Guckt noch mal voll böse hoch! Drückt mir den Papierkram in die Hand ... Nichts wie weg!! Flinke Füße!! Geschafft!! Und bloß nicht umdrehen!! Die Türe zu und fort!! Was um alles in der Welt ist denn KG in der Gruppe?

***

Krankengymnastik in der Gruppe, sagt die Physiochefin. Ich geh in unser Nachbardorf. Das muss reichen! Zu einer Gruppe reicht es nicht. Ich werde einzeln bespielt ... Ist nur eine kleine Praxis. Mein Doc hat mich da schon zweimal hingeschickt ... Kati und Anni kenne ich. Das überlebe ich schon. Kati ist die Erste, die mit mir anfängt. Sie spricht: „Dass du jetzt erst kommst! Dein ganzer Organismus ist eine einzige Baustelle!" Im Tagebau sagten wir immer: wenn`s quietscht, läuft`s. Hier passt wohl eher: was knackt ist noch dran. (Komm, hau rein. Ich sauf auch `ne Kanne Öl, wenn`s hilft!) Pfffh Röntgen sagt – hinten krumm, vorne schief. Weiß ich doch, sieht man auch ganz deutlich … Dann kann ich nach Hause! Ich hab 6 Termine, muss noch ein paarmal hin. „Richtig Gymnastik" macht Tina mit mir. Aber bei den Mädels ist es ganz ok. Die sind lieb!! Tina hat mir Tipps gegeben zur Ernährung: „Versuch es mit 5 mal täglich einer Hand voll Obst und Gemüse." (Ich bin doch kein Karnickel!! Mein Gemüse heißt Schnitzel und wächst nicht im Busch.) Sie musste mir auch erklären, was Triggerpunkte sind.

In dem Bewegungsraum hängen ekelhafte Poster von Menschen ohne Haut. Da ist jeder Muskel, jede Sehne beschriftet. Nicht gerade sehr dekorativ. Mein Gedankenkarussell macht sich bei dem Anblick selbständig!!!

Krankengymnastik … Ich komm mir echt vor, wie ein altes Mütterchen. Kati hat mir Hausaufgaben mitgegeben. Ich soll zu Hause mit dem Quark weitermachen!! Von Tina gab es auch noch welche!! Bloß gut, dass das keiner sieht!!! Strippen ziehen, Stöckchen wedeln!! Rotatorenmanschette aktivieren!! Was ich alles im Organismus habe! Ist ja unglaublich!

Draußen ist herrliches Wetter. Es ist inzwischen Sommer geworden. Selbst den Vögeln ist es zu warm zum Singen.

Es ist ziemlich heiß um die Mittagsstunden. Garfield liegt unterm Kriechwacholder und guckt nicht hoch. In dem verlausten Pelz möchte ich aber auch nicht stecken!

Jetzt ist`s schon bisschen zu spät um im Krankenhaus anzurufen. Termin mach ich dann morgen!

Dienstag früh! Die Zeitung beginnt für mich mit der Witzeseite. Das geht immer! Hab mir gerade mein Horoskop reingezogen. – Da scheint mich jemand zu kennen. – Ich muss einen Termin machen! Die Frau Weiß ist da. Der Doc für Schulter hat aber Urlaub. Jetzt ist Anfang Juli. Ist klar. Sind ja Ferien. Darf am 1. August antreten. Verdammt, das zieht sich hin! (Der hat aber viel Urlaub.) Wenn ich so lange diesen Muttchensport machen soll, werde ich, glaub ich, bekloppt!

***

Wir haben ein Date im Kinderheim. Wir Kollegen haben wieder eine Sammlung gemacht. Dieses Jahr spendieren wir den Zwergen ein Sommerfest. Am letzten Donnerstag im Juli. Wir sind relativ regelmäßig in Kontakt mit der Leitung, dass sich nichts überschneidet. Ich hab ziemlich viele Sachen für die Kleinen besorgt.
Es können nicht alle Kollegen mit und aus Datenschutzgründen dürfen die Kinder nicht einfach fotografiert werden. Also hab ich etliche Bilder vorab zu Hause gemacht. Die Kameraden sollen ja auch sehen, wo die Kohle geblieben ist.
Ich hab mich mit Mona und Bo vor dem Heim verabredet. Dani kann nicht mit! Der hatte Zusatzschicht! Aber, wir schaffen das auch zu dritt!!!
Die Kugelinos sind schon da. Die Kleinen haben quasi schon Spaß und wissen nicht, dass da noch mehr kommt.

Wir haben Kinderschminke besorgt. Mona kann Gesichter anmalen. Haben die Zwerge auch direkt mitgeschnitten. Der kleine Diego baut sich vor mir auf und fragt, ob ich der Clown bin? Ich sag zu ihm: „Nein, ich bin nur der Kasper. Clowns haben doch eine dicke, rote Knollennase."

Er guckt auf meine Schuhe. Ich muss schon wieder grinsen: „Nee, Hase. Meine Schuhe sind so lang, weil meine Füße so groß sind."

Die Schlange bei Mona ist schon etwas ungeduldig. Schade, dass die Gute nur zwei Hände hat … Luftballons und Seifenblasen gibt es auch. Das war vielleicht mal eine Wuselei … Und jeder wollte zuerst … Diese strahlenden Kulleraugen sind so toll. Da geh ich krachen … Die Kleinen haben in ihrem Leben schon so übel abbekommen … Manche sind auch noch so klein … Da kriegt man echt ein schweres Herz!! Es gibt Dinge, für die finde noch nicht mal ich Worte!!

Bo ist der Grillmeister. JA!! Das war der Plan!! Es gibt Limo in allen Farben, Obst, frisches Gemüse und Bratwurst. Der hat gebrutzelt, als würde er nie was anderes in seiner Freizeit machen. Sind auch viele hungrige Kinder. Ich bin ganz froh, dass es die Mädels im Heim gibt, die mit „sowas" umgehen können … Die sind total lieb … Und die Kleinen sitzen wie die Deckchen auf ihren Plätzen. Die haben richtig gute Manieren. Die sind noch so klein und doch schon so groß!!! Dieser Kontakt muss bleiben!! Scheiß auf einen kaputten Arm!! Ich hab ja noch einen!!!

***

1.August – Mein Termin im Krankenhaus ist 13.30 Uhr. Ich sitze im Wartezimmer und grusel mich. Aber, der Doc für Schulter wird schon wissen, was geht. Dann werde ich abgeholt. Als Muttchen hörst du auch bisschen schlecht und findest den Weg zu der Stimme nicht. Ist schon lustig. Das ist allerdings nicht der Schultermeister!! Im Netz sah der anders aus! Der scheint mir auch zu jung! Krieg gleich wieder Panik! Braunert? Nie gehört! Muss schon wieder den Urschleim aufwühlen! Der stellt dieselben Fragen wie der Langer! Der ist auch sehr höflich! So was bin ich nicht gewohnt! Das schüchtert mich dann schon ein bisschen ein. Aber mit ihm konnte ich ein paar mehr Worte sprechen, als mit dem Langer. Der ist auch nicht so lang … Trotzdem!!! Der ist voll eklig!! Der rotzt die ganze Zeit!! Dann fasst der mich auch noch an!!!! Hoffentlich hat er sich wenigstens vorher die Hände gewaschen! Danach aber auf jeden Fall! Hab ich gesehen! So richtig mit Seife! Obwohl? So schmutzig war ich doch gar nicht!?

Lustiger Lurch!! Fragt, was ich bis jetzt gemacht hab. Ich hab Kopfkino. Hallo? Der sieht doch auf der Überweisung, wer mich schickt!! Kennen die sich untereinander nicht? Traut der dem Langer etwa nicht? „Auf dem Sofa gesessen und die Katze gestreichelt … Dann tut`s wenigstens nicht weh." Den Typen schüttelt`s. Lustig … Dann fasst der nach meinen Handgelenken und fragt, wie das ist! Was? „Schön, warme Hände." Was will der

24

denn hören? Lässt der mich noch den Hampelmann machen!! Hallo, das ist vielleicht mal schmerzhaft!! Jetzt geht er mir an den Hals!!! Drückt da (wie ein Mädchen) auf die Knochen. Ich hab Angst um mein Leben und sage: „Aber bitte nicht erwürgen!" Dann erklärt der mir komische Dinge, wie kein Platz im Schulterdach oder so und anschlagen und ... Aaach, Durchzug! Du bist der weiße Mann, wird schon stimmen, was du da erzählst! Ich hab ein Problem mit der Konzentration! Ich hab Schmerzen!! Lass mich in Ruhe!! Ich will doch nur, dass das endlich aufhört.

„Das kann man operieren. Wollen Sie das wirklich?" Hab nach der 2. Strophe nicht mehr zugehört ... „Klar!! Ich will ja, dass das wieder funktioniert!!" Im Rausgehen spricht er noch: „Gute Besserung" zu mir. „Die wünsch ich Ihnen mal auch." „Das ist Allergie." War wieder so eine Aktion, die mir bewegte Bilder im Kopf macht. (Miau!! – Selber Schuld!! Wolltest ja unbedingt die Schicht von deinem Meister fertig machen! Das haste nun davon!) Ich hol mir draußen einen Termin und kriege wieder eine Vorladung zum Langer. Verdammt!!! Aber diesmal wird`s schneller gehen, glaube ich. Brauch ja nur Papier für`s Krankenhaus. Das wird der auch ohne viel Text schaffen! Ich denke, das war der Plan !!

Beim Langer ging es dieses Mal tatsächlich schnell. War ich froh!!! Ich musste auch nicht viel reden, hatte ja einen Zettel. Da stand der Termin für`s Krankenhaus drauf ... mit Stempel und so ... Soweit alles erledigt. Hab meine Zettelei und den Termin für die Voruntersuchung in der Tasche. Wieder eine Etappe genommen. Muss jetzt noch meine Sippe einweihen und meinem Meister Bescheid sagen, dass das mal ein paar Tage länger dauert. Ich krieg vielleicht einen Knoten oder ein Eisen eingebaut ... Dann könnt ihr mich Terminator nennen ...

$$* * *$$

Tag der Voruntersuchung 10.August 2016.
Heute ist kein schöner Tag. Es nieselte schon die halbe Nacht. Sonderlich warm ist es auch nicht und das im August! Der Parkplatz draußen ist wieder brechend voll!! Hier hab ich noch nie einen freien Platz gefunden. Unten, am Stadion oder gegenüber an der Kaufhalle, ist es einfacher. Ja, man muss mal 500 Meter laufen! Aber Landstreicherei fängt für mich erst danach an! Am Band sind wir auch (den ganzen Tag zusammengerechnet) kilometerweit unterwegs. Ich laufe gerne die paar Schritte! Sauerstoff gibt`s ja nicht so oft. Und ein Sargnagel ist auch noch drin. Wer weiß, wann ich dort heute wieder raus komme. „Bringen Sie auf jeden Fall Zeit mit! Das dauert hier eine Weile!" Ich weiß aber nicht mehr, wer mir das gesagt hat!
Ich bin im Wartebereich und muss Unmengen von Papier ausfüllen. Alles doppelt abgefragt! Was ist denn das für`n Käse? Was weiß denn ich, wie groß ich bin! Die letzte Messung ist über 30 Jahre her!! Gewicht?

Was? Weiß ich doch nicht! Circa-Angaben werden ja wohl reichen! Hab vor ein paar Wochen das letzte Mal eine Waage gesehen. Hätte ich mich drauf stellen sollen? Da kommt dann immer das Spruchband: Bitte einzeln betreten!! Ich will das nicht!!

Ich werde das 1.Mal aufgerufen! Blutdruck messen, Medikamentencheck. „Haben Sie einen Nothilfepass?" Mein Hirn arbeitet. „Ja! Klar!!" Ich krame das Teil raus und reiche es rüber.

„Der ist aber schon ein bisschen alt. Das müssen wir dann mal neu machen!" (Blutziehen??) Verdammt …! Nadel …! Jetzt schiebt sie wieder Panik!!

„Bitte nur einen Tropfen, ich brauch die Brühe noch!!" Und die Gute zieht, als wäre ich eine Tankstelle!! Dann darf ich wieder draußen warten …

Gott sei Dank! Aber ich muss noch 2mal gerufen werden. Das zieht sich verdammt lange hin.

Ich guck mir derweil die Leute an. Was da alles rumsitzt … Und ich mitten drin …

Dann hör ich meinen Namen, gucke hoch und werde angeschmunzelt. Endlich ein normaler Mensch. Warum hat der denn den weißen Zwirn an? „Guten Tag. Ich bin Ihr Anästhesist." Eh, Bubi, verarsch mich nicht! Der macht mir jetzt auch ein bisschen Angst. DAS ist der Sandmann???

Mir wackelt der Fuß, ich schwitze an der Hand, geh aber trotzdem mit. Der erzählt mir irgendwas. Das hab ich Minuten zuvor erst gelesen … Ich will nicht zuhören. Kann mich vor Panik kaum konzentrieren. Meine Hände versuchen die obere Faserschicht der Jeans „zu bügeln". Ich wackle mit den Füßen. Dann guckt der Kleine mich komisch an und fragt auch noch was los ist. „Alles gut!!! Alles schick!!! Werde ich wieder wach???"

„Was machen Sie beruflich?" Wie? Smalltalk? Was ist denn jetzt los? Mein Hirn ist leicht irritiert! Wir reden ein paar Worte ganz entspannt. Und dann spricht der Kleine, er hätte auch schon mal daran gedacht, bei uns einzusteigen! Der Bubi hat voll die Mädchenhände! Was will er denn damit machen? „Nee, vergiss es! Das willst du nicht! Nee! Das willst du wirklich nicht. Man kann zwar echt gut Kohle machen, aber …Nee, male mal deine Zettel weiter aus!!" (Du hast doch in der Schule gut aufgepasst!) Das sollte kein Smalltalk werden!! Der wollte mich brechen!! Fragt er mich, ob ich rauche?

„Na klar, wie `ne Esse."

„Wie viel?" „Na so 10 bis 13 Stück am Tag!!" „Trinken Sie?"

„Klar!!"

Ich hab schon wieder Kopfkino, muss grinsen …

„Wie viel? Was?"

„Na so 2-3 Bierchen!" …und 2 große Käffchen und einen Liter Cola

Das geht den doch eigentlich alles nichts an!!

Papier ist ausgemalt. Aber Buntstifte kriegen die da scheinbar nicht!!!

Und dann darf ich wieder gehen. Geschafft. Nur noch 1 mal. Ich bin geduldig und grusel mich.

Ich werde wieder gerufen. Wieder so ein Jüngelchen. Der hat die Latschen von seinem großen Bruder an. Aber in seinem weißen Zwirn wirkt er echt wichtig und gescheit. Nö!! Mit dem rede ich nicht! Den kann ich nicht ertragen! Der platziert mich in seinem Büro, guckt wichtig in seinen Rechner und malt sein Papier aus. Versucht der mir zu erklären, was ich schon 3 mal gehört hab. (Arthroskopie … Na und … Wir bauen Autos und du nicht …) Nö, mit dem Typen rede ich nicht … Doch!! „Schreiben Sie mal bitte auf, dass die richtig aufschneiden dürfen. Durch so ein winziges Loch kann man doch nicht richtig gucken. Ich bin anders. Die sollen das mal richtig aufschneiden!!"

Dann bin ich endlich durch.

Der Typ gibt mir noch die Empfehlung mich an der Rezeption für morgen früh anzumelden. Dann kann sie gleich hochgehen. Hat sie auch gemacht. Guter Tipp.

Hat er fein gemacht.

Wenigstens das …

Die Frau an der Rezeption war auch sehr freundlich. Sie hat mir von ihrer OP erzählt, was mich nicht wirklich beruhigen konnte. Sie hat eine neue Hüfte, funktioniert wohl auch recht gut.

Der Meister hat einen super Ruf. Das ist sogar schon bis zu mir vorgedrungen. Dann gibt sie mir Sticker und sagt, die brauch ich morgen. (???) Da steht mein Name drauf und ein paar Zahlen. Hab, glaub ich, etwas ungläubig geguckt und gefragt, ob das die Fähnchen für den großen Zeh sind? Zum identifizieren!! Falls ich es doch nicht schaffe … „Nein, das ist für ihr Handgelenk. Hier wird doch keiner umgebracht!" Schwitz. Puuh. Geschafft für heute. Mal sehen, wie es morgen wird!

* * *

Morgen ist es soweit!! Ich hab so einen Bammel!! Hab immer noch ein Problem mit der Konzentration! Mir brummt der Ast!! Ich muss meine Tasche packen!! Wo ist denn meine Tasche? Wann war ich das letzte Mal länger als 2 Nächte von zu Hause weg? Kann mich nicht erinnern. War wohl 1989, zur Hochzeitsreise. Erst war unsere Tochter krank, 3 Tage später mein Mann. Muss ich mir nicht noch mal geben! Ich fahr nirgendwo mehr hin! Zu Hause kennt mich jeder. Wenn da irgendwas schief geht, weiß jeder, wo er mich abkippen muss … Aber dieses Mal? Ich soll für 5 Tage packen hat der Braunert gesagt. Angefangen hat er mit 3 Tagen, dann wurden es immer mehr … Was brauch ich? Brauch ich irgendwas? Heul!! Tasche auf …
Rein mit den Klamotten … Brauch ich doch alles gar nicht!! Wieder raus mit den Klamotten … Alles nochmal sortiert … Die Hälfte zurück in den Schrank … Seife … Stift … Latschen … Meine Kaffeetasse!! Die Brille!!
Hab 2 Stunden gebraucht, für 3 Fähnchen!! Ich bin total am Ende!!

***

Natürlich war ich schon im Krankenhaus! Das letzte Mal, als mein Junge geboren wurde. Die Sauerei brauch ich zu Hause nicht!!

War auch ein bisschen lustig. Fragt mich die Helferin vor Ort: „Haben Sie schon eine Hebamme?" (Hää – gibt`s die im Laden??) „Haben Sie sich schon Gedanken gemacht, wie Sie entbinden wollen? In der Geburtswanne oder auf dem Geburtsstuhl kann man gut …"

„Hallo!! Ich platze gleich!!" Meine Augen stehen schon so weit raus, die kannste bequem mit einem Boxhandschuh pflücken!!

„Ich will`s mir hier nicht gemütlich machen! Eine Pritsche und ein Profi sind genug!!"

Hab noch kurz über`s Handy meine Familie informiert. Wir wollten ja Omas Geburtstag feiern. Mein Mann war nicht mehr in der Lage. Ich glaube, der war aufgeregt. Hab um mich herum aber auch nicht mehr wirklich etwas mitgeschnitten. Es ging dann auch relativ schnell. War quasi schon fast in der Endphase … Das ist jetzt über 13 Jahre her. Hab ich erfolgreich aufgearbeitet.

Ein paar Jahre später hab ich „meine" Hebamme im Fernsehen gesehen. Sie saß bei WWM auf dem heißen Stuhl. Hat sich gut geschlagen, die Kleine.

***

Mein Mann hat Spätschicht! Ich soll nicht zu spät essen, dass der Magen klar ist. Trinken – Nur Wasser oder so Zeug – Ekelhaft – Ich würde mich vor lauter Bammel am liebsten noch mal zu ziehen. Quasi eine Henkersmahlzeit einwerfen!! Aber – ich hab`s ja so gewollt!! Ich will ja wieder funktionieren!! Kurz nach halb 7 sind wir fertig mit Abendbrot. Ich dirigiere den Kurzen ins Bad und ins Bett und geh nochmal entspannt auf einen Sargnagel vor die Tür. Dann werfe ich mich für eine Stunde ins Schaumbad. Das wird`s die nächsten Tage nicht wieder geben …

Ich kann nicht schlafen!! In meinem Hirn quirlt das totale Chaos!! Das ist absolut nicht meine Welt!! Ich male mir die schlimmsten Bilder aus!! Keine Ahnung, was mich da wieder erwartet!! Aber zum Glück sieht`s ja keiner …

***

Donnerstag früh. Halb sieben soll ich auf der Station sein. Station 7. Macht sie!!!

Hab zum ersten Mal einen Parkplatz!! Direkt vor`m Krankenhaus!! Ist aber auch noch früh!!

Hab tierisch Hunger!! Bin ohne Frühstück los!! Ich bin aufgeregt und hab immer noch Bammel!!

Ist wohl gerade Schichtwechsel. Die Mädels platzieren mich etwas abseits. Aber ich muss nicht lange warten. Ich werde in ein Zimmer geführt und bekomme meine Anweisungen.

Da ist ein komisches Muttchen im Zimmer. Die geht mir schon auf den Wecker, bevor sie das 1.Mal gesprochen hat!! Voll arrogant!!

Die Tante ist Wessi!! Ausgewandert nach der Wende!! War zum Schulanfang da. Mein Bedarf an Information ist gedeckt. Im Rausch hat sie die Treppe verfehlt ... Aaah ja ... Alte Leute und der Suff ... Was du nicht kannst, solltest du lassen ...

Dann bin ich fertig! Tasche ausgepackt, umgezogen, Klamotten im Schrank verstaut ... Ich darf meine Socken nicht anbehalten! Ich krieg so schnell kalte Füße! Das ist mir unheimlich! (Im Fernsehen wirkt OP immer so kalt. Ich steh voll auf Dr. House!) Ich warte und werde als Nr. 3 auf der Liste abgeholt. War aber zu früh. Der Meister hat skeptisch auf die arme Frau geguckt, die mich mit dem Bett durch`s Haus gekarrt hat und geschmunzelt ...

Ich komme wieder zurück und warte noch mal. Meine LmaA-Pille hatte ich schon, bin kaum aufgeregt. Dann, so gegen Mittag, werde ich wieder Richtung OP gebracht.

Ich werde im Bett gefahren!! Coooool. Im Vorbereitungsraum geht die Fragerei wieder los. Ich hab keinen Bock mehr!! Will jetzt endlich schlafen!!

Gestern Abend hab ich halb 7 mit meinem Jungen Abendbrot gegessen. Hatte vor Aufregung keinen Appetit und durfte heute nicht frühstücken … Das geht mir so auf den Keks!! Ich hab riesigen Hunger!! Hunger macht böse!!

Jetzt ist`s schon Mittag!!

Da tönte eine laute Stimme durch den Raum: „Frau Langschuh?"

„HIER!!"

„Verraten Sie mir ihren Geburtstag?"

„NÖ!!"

Für einen Moment war Stille!! Aus einer anderen Ecke kommt Gelächter. Der lacht doch nicht etwa seinen Kollegen aus?

„Steht doch alles auf dem Zettel!"

Ich bin genervt und müde.

„04.10."

Der soll ja nicht heulen! Muss ja seinen Zettel auch ausmalen. Ist vielleicht der Lehrling! Mein Kopfkino arbeitet schon wieder. Hat er feine Buntstifte??? …

Ich werde vorbereitet!! Da kommen Leute mit Fernseher und einem Servierwagen voll merkwürdigem Zeug!! Die wollen einen Ultraschall, zum Ruhigstellen, machen. Entsetzen!!!

Das ist ein Lehrling mit seinem Meister!!! An mir wird geübt!!! Verdammte Axt!!!

Zuerst gibt`s eine Betäubungsspritze! Verdammt!!! Ich hab Panik vor Spritzen!!

Alter, was drücken die mir für ein Ding in die Schulter? Hallo!!! Ich lebe noch! Ich kriege echt mit, was ihr hier mit mir macht!!! Der Film im Fernsehen ist ekelhaft!!

Und das Ding drückt wie Huf!! Und die Lehrplinse sieht nichts!!!! Das drückt!! Verdammte Axt!!! Gucke nicht Fernsehen!! Sieh zu, dass du fertig wirst!!! Ich kriege das mit!! Verdammt …

Aus mir kommt kein Ton … Nur Brühe … Geschafft …!

Jetzt werde ich schon wieder irgendwo hin gekarrt. Ich muss aus dem Bett raus, auf eine schmale Pritsche. „Mädels, Finger weg! Das mach ich selber! Nicht anfassen!!" „Passen Sie aber auf Ihren Arm auf!!" … Verdammt, das Ding ist voll taub … „Nehm ich mit! Nehm ich mit!! Finger weg!! Alles meins!" Ich werde wieder gekarrt. Besoffen ist aber halb so aufregend. Ich glaube das ist der Narkoseraum! Endlich!! Jetzt wird sie eingeschläfert!! Ich gucke!! Ich warte!! Leute kommen!! Mir werden die Beine auf der Pritsche festgeschnallt!!! Ich hab keine Gewalt mehr über meinen Organismus!! Verdammte Axt!! Was ist denn hier los? Was haben die denn vor? Jemand befummelt meinen linken Arm! Ich kann nichts sehen!! Verdammt!!!

Ich heule auf der schmalen Pritsche wie ein Mädchen!

Türen gehen auf und zu!! Ich gucke!! Ich warte!! Dann ist da eine Stimme, die mich mit ruhigem Ton vollquatscht!! Irgendwo hinter mir … Ich hatte echt gehofft mit einem Schnaps ins Jenseits zu fliegen! Aber nee! Die quatschen einen tot!!

Trotzdem sind hier alle sehr höflich, unglaublich lieb und geduldig.

Ich gucke auf die Uhr. Es ist halb 2 oder so. Dann guck ich wieder und sehe keine Uhr mehr und hab das Gefühl, es ist dunkel. Ich merke, wie ich schon wieder rumgekarrt werde!

Alles dreht sich! Das ist hässlich! (Freu) Die haben mich ja doch abgefüllt!!! Aber ich hab niemandem gesagt, dass ich durcheinander saufen nicht vertrage!! Verdammt ist mir schlecht!!! Hab ich schon geschlafen? „Ich muss kotzen!!" rufe ich. „Waaas???" „Ich kotze jetzt!!!"

Dann hat sie wunderbar geschlafen! Hab gar nicht mitbekommen, dass ich schon wieder unterwegs war! Oben im Zimmer war es wirklich schon dunkel. Die Wessitante hat geruht. Besser war`s!! Die hätte ich nicht ertragen!! Ich liege wieder im Bett! Super!

***

Hab ich herrlich geschlafen! Seit Monaten das 1.Mal! Wurde irgendwann geweckt: „Sie müssen mal was trinken und wenn Sie zur Toilette müssen, klingeln Sie!! Nicht alleine gehen!!!"

„Ok, krieg ich hin!"

Ich hab von der Kotzerei übel Muskelkater im Gerippe!! Mir tut alles weh!!

Die Schwestern sind total lieb. Ich hab sogar eine „Bettverlängerung" bekommen. Alter, wie geil ist das denn!!! Man bekommt auf Wunsch den Rücken gewaschen! Ich will gar nicht wissen, was da drauf war! Meinen Arm hab ich ja gesehen …

Bei uns in der Halle heißt es: Wer schläft wird angemalt! 2 Tage nach dem großen Ereignis hab ich auf meinem Bauchwullerchen eine aufgemalte 12 entdeckt! Einstichstellen an den Ellbogen hatte ich auch ... Hab ich gelacht! Wie bei uns in der Halle!!! Alter ... Ich hab geschlafen!!

Ist mir scheißegal, was ihr da für Späße macht!!! Hab ich gelacht!!

Die Wessitante ist am Freitag heimgefahren. Die hat mich genervt! Die war großkotzig! So was Aufgesetztes!! Und dabei hat sie im Suff nur die Treppe verfehlt!

Ich hatte quasi ein Einzelzimmer. Hab mich gefühlt wie eine Prinzessin. Die kleine Lernschwester wollte mir die Bemme schmieren. Ich hab extra keine Butter bestellt, als einarmiger Reißer! Das hätte ich dann nicht mehr essen können. Die Mädels auf der Station sind mit Geld nicht zu bezahlen. Die waren alle total lieb. Jeder Extrawunsch wird erfüllt. Wunschessen, Kuchen, Kaffee. Man bekommt die Jacke zugemacht, wenn man raus an die Luft gehen will. Hotel kannste vergessen!!

Was mich ein bisschen genervt hat, war eigentlich die Visite! Da kommt der weiße Mann, guckt wichtig auf`s Papier und macht: „Hmmhmm, hmm, bekommen Ihnen die Medikamente? Haben Sie Schmerzen?" Hallo, wo lebt ihr denn? Man bekommt da intravenös Zeug eingeholfen und Ibus wie Bonbons!! Warum die komischen Fragen? Mir ist eher wie fliegen als au.

Am Freitag dachte ich, der Hausmeister sollte eine Funktionsprüfung machen! Hat er aber nicht! Hätte ich DEN was fragen können? Ich glaube eher nicht.

Samstag war der Nachtwächter da! Zumindest glaubte ich, den da nachts gesehen zu haben. Hätte ich den was fragen können?? Ich hab ihn gefragt, ob meine Sehne gemacht wurde!! Guckt der mich an wie ein Heimchen unter der Heizung: „Das steht hier nicht."

„Wie jetzt?"

Die Luft hätte ich mir sparen können!!

Sonntag kam der Schultermeister, persönlich.

War ich froh!!

Ich hab ihn gefragt, was nun mit meiner Sehne ist. Ich bin ein echter Sachse, spreche nur sächsisch. Er meinte, das hat sich wohl nicht bestätigt!! „Wie jetzt? Nur ange-stochen, reingeguckt und umgerührt?" Er drehte sich kurz weg, hat wohl um seine Fassung gerungen. Dann hat er mir erklärt, was gemacht wurde. Das passte aber nicht zu den winzigen Löchlein auf meiner Schulter ...

Bei dem Wort Fräse hab ich direkt ein Bild im Kopf!!

Zumindest hat er mir aber das Gefühl vermittelt, vorbe-reitet gewesen zu sein!!

In meinem Hirn fahren die Gedanken schon wieder Achterbahn! Was ist denn das für `ne komische Werk-statt? Wer hat denn an mir rumgeschnippelt? Ich war total enttäuscht! Nee!! Eigentlich total erschüttert!! Der Langer hat mir doch die aufgetroddelte Strippe gezeigt! Wollte der mich nur veralbern? Warum hab ich mir das angetan, wenn dann doch nichts passiert? Was hat der mir denn gezeigt? War das mein MRT? Was hat der Braunert auf seinen Zettel gemalt? Ich versteh die Welt nicht mehr, heul! Ich brauch doch meine Einzelteile!!

Warum stecke ich in diesem hässlichen Ärmel? Den kann ich dann wohl auch abmachen!! Ist ja nichts passiert!! Ich fahr heim!!!

In meiner Schulter stecken 2 Schläuche! Einer ist rot, da hängt ein Flachmann dran und läuft voll. Der andere ist farblos und endet in einer potthässlichen Handtasche. Bevor ich den Abgang mach, muss erst noch der rote Flachmann abgebaut werden. Das ist vielleicht mal ekelhaft. Die haben scheinbar danach auch nicht gestaubsaugt! Die hässliche Handtasche will ich auch nicht mitnehmen. Die piept, wenn sie leer ist.

Jetzt geht die Tür auf und ein schmales Jüngelchen grinst rein. „Ich will mal den Zugang abschalten!" spricht der. Kann es sein, dass ich den Typen schon mal gesehen hab??? „Hallo!!! Nicht abschalten! Wegmachen!! Und die hässliche Handtasche kannste auch gleich mitnehmen!" Rollt der mich mit seinen lustigen Augen an! „Oh, die wollen Sie nicht behalten?" „Negativ!! Ich steh mehr auf blau und bevorzuge Rucksack!!" ... Das Taschenhässlon war ab!! In dem Moment kommt die Schwester für den Flachmann. Weg damit! Pflaster drauf! Erledigt! Fühle mich gerade ziemlich erleichtert!!

Aber ich muss noch bis morgen warten!!

Ich stell mich ans Fenster. Die Sonne lacht sich schlapp. Es ist unglaublich warm. Ich will mir über die Stirn wischen (nur um auf Nummer sicher zu gehen, dass das mein Kopf ist) und höre ein merkwürdiges Geräusch. Lustig!! Gleich nochmal, nochmal, nochmal … He, ich kann mit meiner Schulter pfeifen. Das mach ich auch, eine ganze Stunde lang. Hab ich gefeiert. Man wird total bekloppt. Schon komisch, was man tut, wenn man … so lange alleine ist …

***

Dann geht mein Handy los. Meine Große ist dran. „He, na, wie ist es bei dir – alles gut?" „Mutti, es gibt eine gute und eine schlechte Nachricht!"
Kann ich das jetzt auch noch ertragen?? Aber, wenn ich`s heute nicht hören will, muss ich`s morgen!!
„Ok, dann schieß mal los! Erst die Schlechte!" „Ich hatte einen Kayserschnitt!" „Ok, und jetzt die Gute!" „Der Kleine ist da! Ben, seine Mutti und Lucy auch!" „Ok! Hää?? Was ist los? Welcher Kleine?" „Na, unser Baby!" „Bist du bescheuert? Der ist erst im November dran! Was erzählst denn du mir?" Jetzt hör ich es am anderen Ende heulen! „Scheiße!!! Du hattest eine Frühgeburt? Was war denn los?" Ich versteh die Welt nicht mehr!! War doch bis dahin alles in Ordnung!!
Wir haben etwa eine Stunde lang gelabert. Verdammt noch mal! Das Jahr ist echt zum in die Tonne treten!! Wenn die Scheiße zuschlägt, dann langt sie richtig hin. Und Stade ist so verdammt weit weg … Ich kann das jetzt nicht!! „Bleiben Tina und Lucy noch bei dir?" „Na klar, mach dir keine Sorgen. Das kriegen wir geregelt. Ben ist der einzige, der so ein bisschen von der Rolle ist.

Der ist total aufgeregt und weiß nicht, wie er sich verhalten soll."
Scheiß Sonntag!!
Ich bin Oma!!

***

Montag war der Schultermeister wieder da. Guckt der einmal die Runde rum.
In der Nacht kam eine Neubelegung dazu! Küchenunfall! Wir haben fast die ganze Zeit gewiehert!!! Wir konnten nicht schlafen. Die Nachtschwester war schon bisschen säuerlich!!
Sein Blick bleibt an mir haften! „Sie dürfen nach Hause!" Ich wäre auch nicht länger geblieben! Der guckt die „neue" Frau an: „Wollen Sie auch nach Hause?" Sie hatte schon ein Schmunzeln aufgesetzt … „Ja, gerne." Er guckt von seinem Papier wieder hoch … „Nee, Sie bleiben noch. Sie sind ja heute Nacht erst gekommen!!" Das war bisschen deprimierend für sie, aber … Ist nun mal so …
Und dann dauert das, bis der Bericht für den Doc fertig ist … Alter … Da wird eine alte Frau wieder jung! Ich war schon Stunden abfahrbereit … Man wird total entschleunigt, wenn man mal kaputt gegangen ist! Ich glaube, das Wichtigste beim Kranksein ist die Ordnung im Papierkram!!! Zettel hier, Zettel da …
Mein Pflaster war von der musikalischen Einlage gestern total versifft. Hab ein Neues bekommen. Hab mich

getraut danach zu fragen. Jetzt noch schnell meine 3 Kleinteile in die Tasche geschmissen und weg …!

***

Ich muss schon wieder zum Langer!!

Ich komm mir vor wie eine Brieftaube. Marke auf den Arsch und ab!!!! Aber heute nicht mehr! Mein Bedarf an weißem Mann ist gedeckt … Morgen … Ich muss wegen dem Pflaster hin, die „Narbe" kontrollieren lassen und so. Ist schon nervig.

Aber Meister Langer hat Urlaub! Puh, Schwein gehabt! Kerstin, die kleine Perle, hat mir die hässlichen Riesenpflaster abgemacht und den Siff runter gewischt. War voll klebrig! Ekelhaft! Hab einen neuen Termin zum Fäden ziehen und 2 Minipflaster bekommen. Kerstin hat den Bericht gelesen und gleich einen Termin eingetragen. 12 Tage!! In dem Bericht stand, eine CPM-Schiene wurde rezeptiert. Was ist das denn schon wieder? Sie meinte: „Da ruft dich jemand an und bringt dir einen Muttchenstuhl zum Sport machen!" Hab ich Hafer geraucht? Was soll das denn?? Ist Entschleunigung nicht schon schlimm genug?

Hab dieses Mal von Dr. Groß mein Rezept für Physio und Bonbons bekommen. Das ist auch ein lustiger Bürger. Schlüpft kurz durch`s Zimmer. Guckt nicht wirklich hin und sagt – gestikulierend und flink durch die Tür verschwindend: „Sie können mit dem Arm wieder alles machen!" Kerstin hat die Fragezeichen in meinen Augen erkannt und sprach beruhigend: „Das hätte der Langer so nicht gesagt …"

Ich bin vielleicht mal auch sensibel!!!

Sehr sensibel!!!

5mal die Woche bewegen hat der Groß auf das Rezept schreiben lassen!! Ich faaauuule weg!! Ich bin doch kein Sportler!!! Sport ist Mord!! Ich bewege für gewöhnlich keine Faser freiwillig!!

Für den Muttchenstuhl hat tatsächlich einer angerufen und das Ding vorbei gebracht. Alter, fühle ich mich behindert. Das mussten wir auch auf einem Foto festhalten! Das glaubt mir kein Mensch ohne Bild … Der Typ war aber echt cool. 2 Wochen. Dann hat er das Teil wieder abgeholt. Wirklich gefreut hat sich Digger! Immer, wenn ich den Behindi gemacht hab, kam der geflitzt und hat sich auf mir ausgebreitet. Der fand das klasse. Das hat ihm beruhigende Geräusche gemacht. Das hat gesurrt. Den nächsten Besuch, in den heiligen Hallen, hab ich mit Carolin hinter mich gebracht. Auch eine kleine Perle … Die Fäden sind ab und übermorgen darf ich ins Vollbad, sagte sie. Herrlicher Gedanke!!

Sie gehen aber dann nochmal zum Doktor Langer. Machen Sie sich einen Termin vorne.

… 29.August …

* * *

In der Zwischenzeit hatte ich auch Besuch von meinem Meister. Den haben wir erst neu in unseren Bereich bekommen, kurz bevor ich kaputt gegangen bin! Wir haben neulich telefoniert und uns verabredet. Er hat den Rainer vom Betriebsrat mit gebracht. Ich sag noch zu ihm, dass er bitte keine große Blume mitbringen soll … Ich kann dieses abgeschnittene Zeug nicht leiden. Das war ein „Monsterstrauß"!!! Digger hat sich vor Freude kaum eingekriegt. Der liebt es, in das Grüne zu beißen!! Kann durchaus giftig sein. Auf den Schrank hat die Vase nicht gepasst – zu hoch!! Im Fenster, muss ich aufpassen! Hab das Teil später im Schlafzimmer aufgestellt. War auch gut.

Wir haben etwa eine Stunde gequatscht. Ich hab schon so viel verpasst! Das ärgert mich total!!

Ich werde ewig brauchen, um den Anschluss wieder zu kriegen!!

Zum Kaffee trinken war es viel zu warm. Die Besucherei wirkte ein bisschen verkrampft. Was soll ich auch zu Hause mit Besuch anfangen? Bin ich nicht gewohnt!! Wir verkrümeln uns immer in den Garten, wenn sich jemand anmeldet. Da ist`s viel gemütlicher. Da kann man herrlich rumliegen und muss nicht die Füße in Schuhen verstecken. Man kann viel entspannter miteinander umgehen. Das ist viel angenehmer, als wenn man in der Bude hockt und wohl möglich auch noch auf die Uhr schaut. Aber ich hätte wohl ewig gebraucht um unseren Städtern zu erklären, wo`s lang geht …

Ich glaube, mein Meister war auch ganz froh, dass der „betriebliche Kranken – Pflichtbesuch" getan war. Die Kollegen hatten an dem Tag Betriebsversammlung. Naja … Man kann nicht alles haben …

* * *

29.08.2016 – Termin ist ran! Meister Langer ist heute da! Ich auch …
Hab mich angemeldet und warte vor der Tür – draußen. Heute geht`s mit meiner Aufregung.
Ich platziere mich auf eine der Sitzreihen und kriege das 1.Schmunzeln!! Die Dinger sind so alt!!
Vor 20 Jahren, als mein Mann sich den Finger abgehackt hatte, standen die schon da. (Ich bin der Neger! Wenn jemand von uns irgendwo hin muss, werde ich oft gefragt, ob ich fahre.)
Neben mir sitzen zwei junge Leute. Total ins Handy vertieft. Das nutze ich aus!! Freu!!
Ich lehne mich laaangsaaam zurück. Die Sitzreihe macht lustige Geräusche. Wackelt auch ein ganz kleines Bisschen! Die zwei neben mir sind so was von zusammen gefahren!! Wunderbar!!
Ich glaube, die haben sich erschrocken!! Super!! Zieht!! Gleich nochmal. Paar Minuten später platziert sich ein Muttchen vorsichtig. Die war wohl schon öfter hier und weiß, dass die Bank nicht ganz astrein ist. Ich warte, bis sie ihre entspannte Position gefunden hat … Nochmal!! … Geglückt!!

Der Blick erinnerte voll an Achterbahn fahren!!! Hab ich gefeiert!! Das mach ich eine ganze Weile!! In unregelmäßigen Abständen!! Meine Augen sind voll Pippi!! Herrlich!!

Das zieht jedes Mal!!!

Dann werde ich aufgerufen!! Schade!! War gerade so lustig!! Spaßbremse!!

Wie beim ersten Mal werde ich freundlich begrüßt und platziert in „seinem Königreich".

Der zieht sich seinen Bericht vom Krankenhaus rein, guckt wieder so komisch! Böse? Bin ich dran mit reden? „He – das funktioniert nicht!!" Aber DA hab ich was gesagt!! Das wollte der gar nicht hören!! Der vernichtende Blick sprach Bände!! (Was – He – ? Respekt!! Ich dulde keine Widerworte!! Blöde Kuh!! Ich hab dir doch gesagt, dass das lange dauert!!!) Ich versuche immer Gedanken zu lesen. Der hat ein Maß an Selbstbeherrschung und eine Engelsgeduld. Da könnte ich noch was lernen!!! Jetzt kriege ich wieder Text gepresst, ohne Ende. Der hört sich echt gerne reden! Super! Zuhören kann ich. Das hab ich geübt!! Ich will abhauen, hab für diesen Käse keine Zeit. Muss aber noch warten, bis er auf seinem Rechner zu Ende gespielt hat! Erzählt der mir, das dauert 6 – 8 Monate!!! Will der mich schon wieder veralbern? Im Netz stand was von Wochen!!! Ich hau ab!! Wieder mit einem Fragezeichen im Kopf, einem fürsorglichen Physiorezept in der Hand … und diesem langen Gesicht!!!

Nachher bin ich bei meinem Doc!! Der wird mir eine Antwort geben!

Aber der schmunzelt nur etwas wehleidig. „Ja, wenn der Langer das so sagt ...“ sagt er ...

***

Gehe noch weiter zur Physio. Dieses Mal sind meine Termine für Krankengymnastik gleich unten im „Schloss“. Das sind nicht die Muttis. Die sehen alle total trainiert aus. Das macht mir Hoffnung!! Hab dann auch gleich meine 1.Einheit. Ich bin etwas eher da. Manchmal muss ja noch das eine oder andere geklärt werden. Ich sitze neben Anke. Die ist aus meinem Dorf. „Was machst du denn hier?“ „Ich gönn mir eine Massage. Ich hatte eine Rücken-OP. Das tut mir richtig gut.“ Das kann ich nicht verstehen. Ich mag es nicht von Fremden angefasst zu werden. Das würde ich mir nicht freiwillig geben. Aber!!! Geht mich nichts an! „Ok.“ „Und du?“ „Ich muss Gumminastik machen. Hab die Schulter umgerührt bekommen.“ Dann kommt der Typ, mit dem ich mitgehen soll. „Hast du die Fliegenklatschen gesehen? ANGST!! Das ist ein laufender Muskel!!“ Und dann muss ich wieder den ganzen Urschleim aufwühlen!! Ist der neugierig! Was der alles wissen will!! Ich will das nicht! Der sieht doch wo ich krumm bin!! Und dann versucht der mir an einem Auto zu erklären, was ich mit meiner Schulter hab ... Ich bin Maschinist und Zimmermann. Ja, ich baue jetzt auch Autos mit. Aber ich bin doch keins! Ich bin total organisch, alles Bio!!! Und nun

47

hör auf zu quatschen, mach!! Ich will jetzt endlich wieder funktionieren und arbeiten gehen!!

Ich muss mich auf die Pritsche legen. Er geht kurz raus. Kommt wieder rein, mit einem braunen Sack in der Hand und klatscht mir das Teil ins Kreuz. Mein Hirn macht sich sogleich wieder auf Abwege!! Braun!! Weich!! Warm!! Der fängt an! Drückt mir auf der Schulter rum, wie ein Mädchen, fährt die Pritsche ein Stück hoch … Da war`s bei mir vorbei!! Gedankenkarussell!! Bilder im Kopf!! Feierabend!! Mich schüttelt`s vor Lachen. Ich kann mich nicht mehr beruhigen!! Er fragt, ob das weh tut? „Hallo, ich hab Kopfkino!! Jede Kleinigkeit bringt mich aus der Fassung!! Ich bin hochgradig albern!!"

In der Hütte ist das Oberlicht an gekippt. Draußen, vor dem Fenster ist der Parkplatz, hält ein Auto an. Im Radio läuft Andrea Berg oder so was. Ist absolut nicht mein`s!! Ich denke nur Berg und sehe vor meinem inneren Auge einen Suzuki Swift und einen vollbärtigen Hünen in Rockerkluft, der da raus kriecht!

Und dann singt der auch noch mit …

Zum Erwachsen sein ist immer noch Zeit genug. Erst mal schlapp lachen.

Ich geh krachen … So geht das 20 Minuten am Stück und immer wieder kommt die Frage, ob das weh tut. Dafür gibt`s keine Pille. Ich kann nicht mehr …

Endlich fertig … Natürlich hab ich mich für mein Verhalten entschuldigt. War für den Trainer sicher nicht einfach. So was liegt bestimmt nicht oft da. Arme Socke. Scheiß drauf, hab ich gefeiert! Hoffentlich wird das nicht jedes Mal so!!! Es sind noch einige Termine.

Ppffh, Krankengymnastik, so ein Käse!! Muttchensport!! Strippen ziehen und Stöckchen wedeln. Ich komm mir vor, wie blöde … Da hätte ich auch bei den Mädels im Nachbardorf bleiben können … Dort war es mir genau so peinlich …

Aber, der hat das gelernt, der wird schon wissen, was er da mit mir macht!!

Ich hab angefangen „Tagebuch" zu schreiben, als ich aus dem Krankenhaus kam. Bloß gut!!

Die Kleine am Tresen fragte, gleich als ich mich angemeldet hab, ob ich mit Therapeutenwechsel klar komme.

„Klar!! Ich schon!!"

Aber ich merke mir doch diesen Scheiß nicht!!! Ich hab auf Smalltalk mit Fremden echt keinen Bock. Ich kenn die nicht und muss vielleicht jedes Mal erklären, warum es mich immer so durchschüttelt!! Schlimm genug, dass ich den Hampelmann machen muss.

Hab wirklich 2 verschiedene Trainer. Der zweite ist ein langer Schmaler. Der quatscht mich tot. Mein Gott! Wie viel Text in Kerlen steckt! Das geht gar nicht … Wie der Langer oben … Ich spar mir das Gequatsche. Hab aufgeschrieben, was ich wann gemacht hab und wie es sich angefühlt hat. Der Trainer ist total verzückt. Lesen kann er. Glück gehabt! Und lustig ist der auch. Das muss ich ihm mal lassen!! Erst bringt er mich zum Schmunzeln und dann auch richtig zum Lachen. Da wirkt Muttchen-sport gar nicht mehr so schlimm. Der Typ ist echt cool!! Der kann Spaß!! Das ist gut!!

***

Dann ist der 1.Trainer wieder da. Der hatte Urlaub und kommt verrotzt in die Arbeit zurück. Der will nicht lesen! Der versucht es mit reden! Wenn ich reden wollte, wäre ich ein Radio geworden. Nö … Lies! Nach der Einheit hab ich ihm die Hand gereicht. Zum Abschied. Er spricht, er sei erkältet … Ach, echt jetzt …ist mir gar nicht aufgefallen … „Komm, gib her, ich werde nicht krank! Ich nehm das mal mit! Viren und Bakterien haben auch ihren Stolz!"

Krankengymnastik!! Das ist so doof!! Und das geht so – wochenlang … Hab ich das mal satt!!

Irgendwann sprach der 1.Trainer: „Also, die Schulter ist beweglich, das ist eine andere Geschichte! Weiß Ihr Arzt das?" „Klar, ich war oben und hab gesprochen. Der wollte das aber nicht hören!"

War auch nur der eine Satz! Muss ich dem Trainer ja nicht auf die Nase binden, geht den gar nichts an! Ich war froh, dass ich den rausgekriegt habe. Morgen hab ich Termin beim Hausarzt. Ich werde es ihm nochmal erzählen. Da geht`s besser mit dem Reden. Doc Sommer sagte dann aber: „Da wirst du wohl nochmal zum Langer gehen müssen. Wenn die Finger kribbeln und

der Arm taub wird. Da ist wohl noch was anderes!"
Man!!! Ich krieg beim Langer das Maul nicht auf!! Und
wenn, dann kommt nur Dünnes!

***

Inzwischen sind die Ferien vorbei. Ich bringe den Kurzen früh zur Schule und hole ihn mittags auch wieder
ab. Tag für Tag. Manchmal guck ich mir die Leute an, die
über den Parkplatz schlurfen. Die können zum Teil kaum
laufen und schleppen auch noch Knüppel mit!! Hinke-
bein und Humpelchen. Der eine hat eine Augenklappe,
der Nächste hat die Hand im Gips, Geschiente Arme …
Gestützte Knie … Krumme … Lahme … So ein Elend …
Bin ich froh, dass mir das erspart bleibt …
Heute hab ich mich voll erschrocken!! Wir haben uns im
Auto mit AC/DC wach gehalten. Wir lieben es, wenn`s
schon früh kracht. Wir kommen auf dem großen Parkplatz an, super gelaunt. Der Kurze hat unterwegs die
ganze Zeit vor Begeisterung mit dem Fuß gewippt … Ich
steige aus, gucke hoch und musste mich gleich wegdrehen!
Der Anblick war wie Unfall. Man will es nicht sehen,
guckt aber trotzdem hin.
> Ein langer, schmaler Typ, mit langen, dünnen Beinen,
in total zerknitterten Bermudas. Beigefarben. Unten
dran schwarze Socken. Hochgezogen, bis an die Knie.
Darunter braune Lederschlappen, die ihre beste Zeit

wohl schon hinter sich hatten. Und beim Hochgucken sehe ich diesen Meckie im Gesicht ! <
Hab ich mich vor dem Typen erschrocken!!!
Oooh weh!!! Oooh weh!!! Der guckt mich aber böse an!!! Hab die Augen erkannt … Verdammt … Das war der Knochendoc!! Seinen Dreitagebart hab ich ja schon öfter gesehen …
Aber heute!! Hecke mag ich gar nicht!! Das Bild passte nicht zu dem, das ich in Erinnerung habe!!
Hat Lumpi die Nacht im Parkhaus verbracht? Ich will blind sein!!! Ich werde nie wieder sprechen können!!! Ich muss doch Respekt haben !!! Das ist der weiße Mann!!! Eh!!! Augenkrebs!!!
Ich werde nie wieder sprechen können!!!

Die Mutti hat noch hinterhergerufen: „Junge!! Zieh die Socken AUS!! Steck die in die Hosentaschen!" Nicht – zieh sie hoch bis an die Hosentaschen!!! Der muss doch das Entsetzen in der Stimme gehört haben!! (Heike, das geht dich nichts an! Das ist total in Ordnung! Beruhige dich!! Vielleicht wird ja gerade das Bad renoviert. Das geht dich nichts an!! Das ist in Ordnung – Alles gut!!) Mein Hirn versucht verzweifelt mich wieder einzufangen. Eigentlich bin ich ein freundlicher Mensch. Ich grüße und schmunzle, wenn ich die Leute erkenne. (Hin und wieder gibt`s auch mal einen dummen Spruch auf die Ohren.) Heute hab ich es nicht geschafft!! Da hat sie einen zu viel gekriegt!!
Das Bild hat sich in meinem Hirn festgebrannt!! Das werde ich nie wieder los!!! Nie wieder !!!

***

Letzter Samstag im Oktober

Im Kinderheim ist „Dankeschön – Tag".

Hab eine Einladung bekommen, will aber nicht alleine hingehen. Meine Kollegen engagieren sich schließlich auch. Hab mich mit Dani verabredet und eine „kleine Überraschung" besorgt.

Bo hatte eine OP am Bein, konnte kaum laufen und Monas Telefonnummer kenn ich nicht.

Also waren wir nur zu zweit.

Dani hat die große Tasche rein geschleppt – es gab neues Geschirr mit Themenmotiv. Ich denke, die Leute haben sich darüber gefreut. Ich finde es auf jeden Fall besser wie Pappteller und Becher.

Wenn die Kleinen auf der Terrasse essen, dann fliegt`s wenigstens nicht weg!!

Die Mannschaft hat sich eine Riesen – Mühe gemacht. Alles war geschmückt. Da stand ein riesiges Buffet. Kaffee und Kuchen für alle … Kinderschminken, Bastel- und Malstraße und eine Zaubershow, zur Bespaßung, für alle Kinder. Draußen war ein kleines Karussell und ein Popcornstand …

Es war wirklich alles aufgefahren, was Spaß macht.

Wir durften das ganze Heim ansehen, auch die Kinderzimmer. Da wohnen immer zwei zusammen … Es ist wirklich wie ein richtiges zweites Zuhause da. Die Zimmer sind hell und freundlich. Die Einrichtung ist absolut kindgerecht, so wie man es daheim auch macht …

Die Gruppen haben kleine Wohneinheiten, richtig schön.

Bei den winzigen Stühlen musste ich schmunzeln. Da würde ich kaum runter – geschweige denn – wieder hoch kommen. Die waren so unglaublich klein …

Ich denke, dort sind die Kinder echt in guten Händen … Die haben schon so übel abbekommen und die sind alle noch so klein … Das tut weh!!!

Abends war in unserem Dorf Schlachtfest. Das kann ich mir nicht entgehen lassen! Mir brummt zwar der Ast – grundübel! Aber im Verein fühle ich mich wohl. Ich nehme meinen Rucksack besser nicht mit! Der ist mir zu schwer. Wir können ja dort essen. Ein großes Wurstpaket hab ich trotzdem gekauft. Das muss mein Mann nachher heim tragen. Der schafft das!!

Wir haben wieder wunderbar geschnackt. Ich wurde gefragt, wie es meiner Schulter geht …Wie soll es der denn gehen? Die ist dran!!

„Leute, ich muss Sport machen!! Der Trainer striezt mich und hat, glaub ich, sogar Spaß daran!! Ich muss jetzt aber nicht mehr „nur Stöckchen holen"!! Ich darf schon Krafttraining … Ich bin bald wieder fit!!"

Spricht ein Kollege: „Du bist erst wieder fit, wenn du den Jäger werfen kannst!!!" Das hat mich für den Moment total deprimiert. Das ist ein Baum von einem Kerl!!! Das schaff ich nie!!! Spricht der Jäger: „Aber jetzt hab ich Angst vor dir!!" Ich lach mich tot!!!

* * *

Mein Doc hat mich nochmal los geschickt. Hatte Anfang November wieder einen Termin im Gruselkabinett. Ich wurde wie immer sehr freundlich begrüßt und platziert. Aus mir kam auch wieder nur dieses verhaltene „Hallo". Ich traute mich kaum hoch zu gucken. Mein Kopfkino läuft!! Ich bin schon leicht am Grinsen! Unter den Tisch wollte ich meine Augen auch nicht lenken. Da sehe ich vielleicht die ollen Schlappen!! Auf dem Regal stehen Ersatzteile!! In klein!! Echt gruselig!! Mein Hirn ist auf Hochtouren!! Was würde wohl da stehen, wenn der Gynäkologe wäre?? An der Deko sollte vielleicht mal gearbeitet werden!! In der Bude gibt`s auch keinen Mülleimer! Schade! Da könnte der Doc so viel rein schmeißen ... Ich würde freiwillig rein springen. Wenn sie eh nicht funktioniert ... Braucht doch keiner!!!
Hab es versucht mit dem Sprechen ... Kam auch was raus. Dann hab ich wieder den Text gehört.
„Das ist normal!! Da ist nichts eingeklemmt!! Sie machen nochmal ein Kontroll – MRT zum Vergleich. Machen Sie sich einen Termin! 10Tage dauert es etwa, bis ich den Bericht habe. Dann kommen Sie wieder her!"

Verdammt!! Nimmt das denn überhaupt kein Ende?

Aber einen dicken Geduldsfaden hat er, dass muss ich ihm mal lassen!! Hab zwar manchmal das Gefühl, dass er genervt wäre. Aber nee!! Der erklärt wirklich jedes Mal

geduldig auf`s Neue und schafft es, dabei freundlich zu bleiben. Es ist unglaublich. Ich wäre längst geplatzt!!
(Wirklich zuhören tut sie nicht mehr, sie kennt ja den Text schon …)
Ich verschwinde …
Draußen hab ich schon wieder Kopfkino …

***

Im November fühle ich mich nie wohl! Das ist der hässlichste Monat im ganzen Jahr!! Grau!! Nass!! Kalt!! Windig!! Da hilft es auch nicht, viel anzuziehen!!
Ich mag es nicht, wenn ich früh aufsteh und es kalt unter der Tür durchpfeift. Dann tut jeder Knochen weh … Die Luft ist schwer und feucht. Manche Tage beginnen mit leichtem Frost. Aber den Raureif auf den Wiesen mag ich schon.

Der hässliche Herbst hält sich in diesem Jahr wieder etwas zurück. Es gibt nur ein paar von den unangenehmen Tagen, an denen man nicht warm wird!!

Ich hab Post von der Krankenkasse bekommen. Weil ich noch nicht funktioniere und mein Doc die neue Zahl für die 2.Diagnose nicht auf den Krankenschein gemalt hat, wird mir die Kohle gestrichen! Hab ich das verdient? Ich geh beim Arbeiten kaputt und jetzt das!! Ich hab es so satt!!

Ich hab bei der Frau angerufen, die mir den Brief geschickt hat. In Berlin. Sie wollte nicht glauben, dass ich noch nicht funktioniere. Hat wohl auch im Netz gelesen, dass das eigentlich nach 6 – 8 Wochen wieder gut ist. Wir haben uns eine ganze Weile unterhalten. Ich mag den preußischen Dialekt. Sie hat mir dann gesagt, wie wir jetzt weiter machen! Hab meinen ganzen Papierkram abgelichtet und eingeschickt!! Hab einen Widerspruch geschrieben!! Sie bekommen dann mal eine Vorladung zum Amtsarzt!

Ok. Na super! Wenn der zaubern kann, dann soll es so sein!!

Hab immer noch Physio. Der Trainer hat bald keine Ideen mehr, was er mit mir noch machen soll … Nein, ich funktioniere nicht!! Ich war vor zwei Wochen beim Betriebsarzt. Sagt der zu mir: „Ja, das dauert wirklich so lange!" Der hat etwas wehleidig geschmunzelt. „Nein, wir können Sie jetzt noch nicht wieder eingliedern. Wenn wir jetzt anfangen, sind Sie in 3 Wochen wieder beim Arzt!"

Super!! Und der Langer hat gesagt, das ist normal …

Der hat aber auch gesagt: „Meine Gute! Einige könnte man damit in Rente schicken … Bei Manchem wird das gar nicht wieder!" Ich hatte wieder Kopfkino!! Fühlte mich leicht aggro!! Den Text wollte ich nicht hören!! Hallo!!

Was soll ich denn in Rente? Und auf Rezept geht`s zum Tanztee, oder was? Der verarscht mich doch!!! Außerdem bin ich nicht deine Gute, niemand seine Gute!

Lasst mich doch in Ruhe!! Ich spring hinter`n Zug!!! Ich will doch nur, dass das aufhört!!! Ich hab da echt keinen Bock mehr drauf!!!

Mein Betriebsarzt hat mir Physio im Betrieb zugesagt. „Ich schicke Ihnen die Verordnung, wenn es an der Zeit ist." Hab noch ein paar Termine beim 1.Trainer. Hab ihm gesagt, dass ich ihn dann endlich bald verlassen werde. Ich hatte das Gefühl, dass er aufgeatmet hat …

**

Leipzig, 30.11.
Der Amtsarzt ist cool! Der ist ein älteres Modell und kennt scheinbar auch den Schultermeister. Der war völlig entspannt, lässt mich den Hampelmann machen, stellt komische Fragen. Wir haben ein bisschen Smalltalk, ganz normal. „Hat das der Herr Schultermeister selber gemacht? Gute Arbeit!" „Nee, der Lehrling hat geübt!" „Oh, gut!! – Naja, aber das ist normal. Die von der Krankenkasse sind eben manchmal so …Das dauert wirklich mindestens ein halbes Jahr. Ich mache meinen Bericht fertig. Da gibt`s keine Diskussion! Sie machen eine Reha! Das gehört dazu! Haben Sie nochmal einen Termin beim Schultermeister?" „Nee, nur beim Langer! Der hat das eingefädelt." „Ok, dann grüßen Sie mal Ihren Doktor von mir! Der kommt doch bestimmt auch aus dieser Schmiede."

Ich glaube nicht, dass ich das hinkriege. Mein Gedankenkarussell fährt los … Meinen Doktor??

Fertig. Geschafft. Komisch, vor dem Doc hatte ich keine Angst. Mit dem konnte ich ganz normal reden!! Der hat sich aber auch nicht im weißen Zwirn versteckt.

Das Nächste im Programm ist der Termin für das Vergleichs – MRT.

Doc Sommer fragte, ob ich wirklich erwarte, dass da was zu sehen sein wird? Der Betriebsarzt hat das auch gefragt. Haben die sich abgesprochen??? Weiß ich doch nicht!! Irgendwas stimmt nicht, da muss ja was zu sehen sein!! Ich war noch nie kaputt!!! Und so, wie's jetzt ist, funktioniert's nicht!!!

MRT- Termin ist am 02.01. im neuen Jahr. Hab die neue Langer – Vorladung für Freitag, den 13. danach. Am 16.01. bin ich wieder beim Betriebsarzt! Das schaff ich jetzt auch noch!!

Die Krankenkasse hat eingelenkt. Ich habe einen Antrag für die Reha bekommen. Alles ausgefüllt und vor Weihnachten noch abgeschickt.

Unser Betriebsarzt ist ein Feiner!! Hab 2mal Physio im Betrieb bekommen. Bei Katharina ist es allerdings am Anfang ein bisschen aufregend. Ich kann die ersten dreimal nicht wirklich sprechen. Durfte aber dann oft genug hin. Wir haben wunderbar geschnackt. Das muss ich bisschen üben. Ich spreche eher kurze Sätze. Seit meine Freundin nicht mehr ist, fehlen mir Gespräche.

Die hatte eine Gabe, mich zum Reden zu bringen. Ich vermisse sie unglaublich!!

Am Band haben wir nicht wirklich Zeit mal zu labern. Für`n bisschen Gesülze und Quatsch, ja.

Am liebsten kasper ich mit Denny. Was wir uns schon schlapp gelacht haben. Da macht das Arbeiten gleich viel mehr Spaß. Hmmm …Mon Cheri – die kleine Französin … Der weiß schon Bescheid … Aber mal so ein richtiges Gespräch kriegen wir nicht hin.

***

Einen richtigen Winter hatten wir schon lange nicht mehr!! Nicht, dass ich Schnee und Kälte brauchen würde!! Aber vom Dezember verspreche ich mir immer viel. Weihnachten ohne Schnee ist doof. Das kannste alleine feiern. Ich hab`s da lieber romantisch verschneit und ein paar Grad Miese. Dann wirkt die Welt so friedlich. Dann ist es so schön ruhig. Das hab ich gern. Da kann man Hirn und Organismus so gut runterfahren. Leider sind wir nicht bei „Wünsch dir was"!! Schade!!

Aber dafür bin ich in der Nähe von meinen Kollegen. Ich hab die Helden sooo vermisst. Ich glaube, die haben sich gefreut über meinen Besuch. Hab mir bisschen Zeit gelassen! Die müssen ja nebenbei arbeiten. In der Pause sitzen wir zusammen im Raucherquarium. Unser Jan lacht schon, da hab ich noch gar nicht angefangen zu reden! Der hat die schönsten Augen. Das sage ich gern. Da wird er immer verlegen. Manchmal ruf ich ihn, einfach nur so, dass er mich anguckt. Ich find das lustig …

Hier bin ich wie zu Hause. Ich hab meine Leute so unglaublich vermisst. Ricardo ist der Erste, der wissen will, was nun bei mir los ist, ob ich bald mal wieder da bin. Ich hab kein Problem. Erzähle von den vergangenen Wochen und Monaten, wo ich überall war, was gemacht wurde … Jan beißt beinahe in den Ascher. Jetzt muss ich mal langsam runterfahren. Wenn der einpullert bin ich schuld! Ich hab einen großen Butterstollen mitgebracht. Ich muss mich doch revanchieren!! Bin schon so lange nicht hier gewesen. Mein Meister ist heute auch da! Wir haben lange gequatscht. Der weiß auch, dass ich vielleicht nicht mehr Springen kann. Der Langer hat meinen Optimismus auf ein Minimum zusammengestampft. Keine Ahnung, ob ich jemals wieder richtig funktioniere!! Wenn ich die Reha hinter mir hab, werde ich langsam wieder eingegliedert. Dann wird es sich ja zeigen. Und wenn es nicht geht, dann komm ich vielleicht auch in einen anderen Bereich. Erst mal sehen. Abwarten, Tee trinken. Sind ja noch paar Tage bis dahin.

* * *

Der Dezember ist ganz schön vollgepackt mit Terminen … Physio, Arzt, Kollegen besuchen, Weihnachten, Stade …
Hab mir noch was Extra aufgebrummt! In der Zeitung stand, dass der Schultermeister im Krankenhaus einen

Vortrag zu Schulterschmerzen hält. Den will ich mir reinziehen. Vielleicht krieg ich ja dort „meine Fragen" beantwortet …

War ganz schön voll, die Hütte. Die Luft war fast unerträglich!! Aber die Meisten sollten vielleicht nur mal „unter Leute gehen"! Rentner von vorne bis hinten. Ich kam mir vor wie im Einkaufsladen!!

Die paar „Jüngeren" konnte man an zwei Händen abzählen.

Der hat aber auch nur den Text gebracht, den ich schon ein paar Mal gehört habe … Das einzige Neue war, dass nicht jede Sehne geflickt werden muss. Na toll!! Jetzt muss sie auch noch lernen mit Scherben klar zu kommen!! Das deprimiert mich in dem Moment. Hat sie doch was gelernt …

Besuch bei den Kindern

Wir werden erwartet in Stade. Zu Weihnachten!! Heilig Abend fahren wir los, mittags.

Bin ich aufgeregt!! Unser Baby ist seit 4 Wochen zu Hause. Die beiden Großen sind fantastisch. Ich bin stolz auf meine Kinder. Der Kleine ist auch nicht so mickrig, wie ich gedacht habe. Nee, der ist recht gut entwickelt und sogar richtig entspannt. Ich bin so unglaublich stolz. Die beiden Großen kriegen das echt gut auf die Reihe.

Wir feiern zusammen Weihnachten. Mit Baum, Geschenken, gutem Essen … Super. Wir machen auch den einen oder anderen Spaziergang. Aber da, im Norden, ist es nicht schön. Ständig dieser fiese, kalte Wind und aller pupslang regnet`s!! Da könnte ich mich nie wohl fühlen!! Unsere Kinder haben eine Doppelhaushälfte gemietet. Wohnen in einem Gebiet mit vielen kleinen Einzel- und Doppelhäusern. Du kannst quasi dem Nachbarn den Kuchen vom Teller klauen, ohne rüber gehen zu müssen. Das ist viel zu viel Beton!! Ich bin vom Dorf!! Ich mag das nicht! Obwohl dort auch jeder zusieht, dass bisschen was Grünes um`s Häuschen herum wächst. Ich mag das überhaupt nicht!!

Es gibt auch ein paar richtige Bäume, hinterm Spielplatz und Tiere … Vor allem Krähen und Hunde in allen Größen … Aber die vielen Menschen in dem kleinen Viertel … Fürchterlich …

Ich krieg Hummeln!! Bei den Kindern läuft`s. Ich will nach Hause.

Wir haben nicht geplant ewig zu bleiben!! Am 26. geht`s zurück!! Wir haben ja auch noch Silvester vor uns.

Ich bin froh, als wir endlich zu Hause angekommen sind. Im Auto drückt mir so übel der Ast. Ich bin nicht gewohnt, stundenlang zu sitzen! Mir tut schon wieder alles weh!! Bis auf einen Stopp sind wir durchgefahren.

Wir kennen da eine Raststätte.

Die basteln dort die beste Currywurst.

Beim Aussteigen konnte ich schon kaum mehr laufen …

Dann ging`s weiter … Bis heim …

Den Kindern geht`s gut!! Termine sind erstmal abgearbeitet. Puuh. Beine hoch, Augen zu und runterkommen. Unsere Dickmiez hat uns auch vermisst! Ein feiner Kater. Tante Silke hat sich um ihn gekümmert, als wir nicht da waren. Jetzt haben wir uns wieder. Jetzt ist das Leben wieder in Ordnung.

***

Digger ist der Kater von unserem Jungen. Der ist stattlich!! Da kann auch der Grobmotoriker mal entspannt zugreifen. Manchmal wirkt er ein bisschen arrogant und bevor er auf`s Bett oder Sofa springt, guckt er, als müsste er Tempo und Entfernung noch ausrechnen. Wirkt etwas befremdlich …Der ist voll puschelig und total verschmust. Den hat mein Junge von meiner anderen Freundin bekommen. Ein grauer Kartäuser, mit Augen, so groß und rund, wie ein Uhu. Sie ist allergisch auf Tierhaare. Digger ist ihr vor einigen Jahren zugelaufen. Sie hat ihn bei ihren Eltern untergebracht, weil er so schmusig war. Die Eltern haben Digger auch geliebt. Er hatte es richtig gut. Er wurde verwöhnt und umsorgt. Aber der neue Hund hat ihn sexuell belästigt. Digger hat sich nicht mehr wohl, nicht mehr sicher gefühlt. Das hat mir meine Freundin erzählt. Und ich sag zu ihr, dann bring ihn doch zu uns … Wir sind die totalen Katzenmenschen. Naja, mein Mann nun nicht gerade. Aber da werde ich dominant!! Mein Junge steht auch voll hinter mir. Der hat sich sofort in Digger verliebt. Für ihn ist es genau das richtige Haustier. Sanftmütig, weich, er kommt schmusen, wenn er Lust darauf hat … Schnurren kann der, wie ein Staubsauger, so laut und ausdauernd!! Mit Digger kann man auch bei Bedarf fantastisch spielen. Ein Kater, der Fußball spielt. Herrlich. Was wir schon gelacht haben!! Wenn die 5 Minutenglocke angeht sprintet er durch die Wohnung, wie ein wildgewordenes Plüschpferd. Ihm ist auch völlig egal, wie früh oder spät es ist. Das Leben findet auch bei Nacht statt!! Braucht der Mensch mehr, um glücklich zu sein? Inzwischen ist auch mein Mann von Digger total besessen. Er lockt ihn gern mit Leckerchen, um ihn für sich zu haben. Das fällt auch überhaupt nicht auf. Wir müssen allerdings aufpassen, dass er die Naschereien nicht übertreibt! Digger muss ja noch in seine Box passen, dass wir zum Tierarzt kommen.

Das war auch so eine Geschichte. Wir sind jetzt verantwortlich und Digger wird regelmäßig geimpft, im November!! Er hat versucht, wehrhaft aus der Situation raus zu kommen. Er war doppelt so lang wie sonst und hatte 10 Pfoten. Er wollte einfach nicht in seine Box!! Aber, was muss, das muss!!! Unser Tierarzt hat ihn schon paarmal da gehabt. Ich glaube, der erinnerte sich an ihn. Wiegen ist für Dickmiez ganz ok. Da muss er nur sitzen und gucken. Für die Nadel muss er aber auf den Tisch!! Ich denke, der hat geahnt, was kommt! Er hat durchaus auch bisschen geschwitzt! Der Doc lässt sich das Thermometer geben, packt Digger mit dem langen Arm. Flupp. Rein damit . Und alles was die Miez noch kann, ist schnurren. Ich glaube, der hatte Spaß. Dann noch schnell impfen, fertig und gut. Dieses Mal war er schneller in seiner Box. Ich bin ganz froh, dass Digger eine Wohnungskatze ist. Eine Katze mit Auslauf muss viel öfter mal zum Doc. So wird der „Spaß" auf ein Minimum reduziert.

***

Am 02.01. hab ich Termin für MRT.
Es hat das erste Mal in diesem Winter geschneit. Der Räumdienst hat mit den großen Straßen zu kämpfen. Neues Jahr, neues Glück … Der Berufsverkehr muss schließlich rollen.
Bei uns ist echt die Romantik auf der Piste. Wenn ich heute nicht in die große Stadt müsste, würde ich es auch geniessen. Ich bin schon bisschen aufgeregt. Die Winterlatschen an meinem Auto ähneln eher Slicks als Spikes. Es ist rutschig, glatt und verdammt kalt. Es ist ein bisschen windig und es schneit auch immer noch!! Schnell fahren ist nicht drin! Rechtzeitig losfahren bringt pünktlich ans Ziel! Pünktlichkeit ist eine deutsche Tugend! Zum Glück war noch schulfrei. Da ist weniger Betrieb. Der eine oder andere hatte vielleicht auch noch Urlaub im Plan. Schwein gehabt. Es war nicht viel los unterwegs. Grüne Welle hatte ich auch … Hat quasi

gepasst …

Die Praxis ist ein bisschen versteckt. Als ich auf dem Hof stand, musste ich mich erst mal neu orientieren. Ich hab doch glatt vergessen wo der Eingang war!! Hat bisschen gedauert, war aber trotzdem pünktlich oben!!

Die Ärztin kommt zu mir an die Kabine … Ist die klein!! 2 Kopflängen sind das bestimmt. Ich habe das Bedürfnis mich runter zu beugen. Aber Meister Langer sagte bei unserer 1. Begegnung, das ist bei großen Leuten immer so. Ich lass es lieber!! Vielleicht komm ich dann nicht wieder hoch. Bin ja auch nicht mehr die Jüngste …

Die „Kleine" steckt zwar im weißen Zwirn! Aber mit ihr kann ich ganz normal reden. Wir machen einen Plan. Dieses Mal wird mir Kontrastmittel gespritzt. Die Schwester hatte einen leicht russischen Akzent, war aber gut verständlich. Sie war sehr freundlich und fürsorglich. Sie hat mir alles erklärt und gezeigt. Fand ich mal interessant. Aber die Spritze hab ich mir nicht angeguckt. Das Ding versetzt mich in Panik. Jetzt noch 10 Minuten den Arm bewegen, dass die Brühe laufen kann und dann ging`s wieder in die Röhre. Yeah, Techno beats. Ich komm mir vor, als liege ich auf dem Schulhof. Hab ja dieses Mal gewusst, was kommt. Beim ersten Mal war mein kleines Hirn voll überfordert.

Geschafft!!! Jetzt warte ich noch kurz, bis die CD fertig ist und dann geht`s ab – Richtung Heimat!!! Schön gemääääächlich!!! Es ist immer noch glatt und es schneit auch immer noch.

Ich muss noch bei meinem Doc rein schauen, einen

Überweisungsschein holen.

Am 13. ist Termin bei Meister Langer.

***

Freitag, der 13.01.

Ich werde wieder sehr freundlich begrüßt im „Allerhei-

ligsten".

Aber, alter Verwalter! Heute hat er Höhe! Ganz sicher

hat der den Bericht schon gelesen!

Seine Aura strömt durch den Behandlungsraum und

zerdrückt mich, wie eine leere Bierdose … Heute fleezt

er überlegen in seinem Hochlehnstuhl und freut sich,

dass er doch alles richtig gemacht hat … Der Hieb sitzt!!

(Und ich kann es auch ein bisschen verstehen.) Zumin-

dest hat er aber gehört, dass ich skeptisch war und ihm

nicht geglaubt habe. Dass ich so nicht funktioniere. Ich

war auch noch nie kaputt!!! Und dann hat er mich los

geschickt, um auf Nummer sicher zu gehen …

Hätte ich vielleicht auch gemacht. Hat er fein gemacht.

Ist doch ein Guter, der Doc. Und dann guckt er wieder

so! … Stechend … (Halt besser die Gusche und den

Fluchtweg im Blick … Das Fenster ist heute geschlos-

sen!! Aber bis zur Tür schaffst du es!! Wenn du schnell

bist!!! NACHTEIL!!! Die Tür öffnet nach innen!!) Meine

Gedanken fahren schon wieder Achterbahn!! Klong –

noch `ne Runde, kostet ja nix …

Er liest mir Teile aus dem Bericht vor. Scheinbar alles so,

wie er es erwartet hat. Nichts Neues, nichts Unnormales. Lateinische Wörter? Klasse. Ich sitz ihm gegenüber, hab ein Bild im Kopf, das mich schmunzeln lässt und verstehe nur Baaahnhooof!

Guuut gemacht, Doc! Feiner!!

Natürlich habe ich mich mit solchen Wörtern beschäftigt!! Ich verstehe auch einzelne Fragmente wie Entzündung, Schleimbeutel und Schlüsselbein. Ich bin ja jetzt lange genug zu Hause und hab Zugang zum Netz!!!

– Na und!! –

Gedanken kann er zum Glück nicht lesen ... Mir brummt trotzdem der Ast und es hört nicht auf!! Und wenn ich den Arm benutze, funktioniert`s nicht, wie ich das brauch ... Das kommt nicht nur aus der Schulter!!

Ich richte ihm heute sogar die Grüße von meinem Doc aus! Ich soll eine Kopie von dem Bericht mitbringen. Dafür muss gesprochen werden. Ich war für meine Verhältnisse heute unglaublich mutig! Und hab`s überlebt!!!! Und nun nichts wie weg!!! Dann fliegt die Brieftaube wieder los ... Nimmt noch mal allen Mut zusammen und wünscht ein schönes Wochenende. War das 1. Mal!! Draußen lass ich mir die Kopie vom Bericht geben und jetzt nicht`s wie weg!!!

Sollte ich jemals wieder kaputt gehen, kürze ich ab!! Dann mache ich nur 2 Termine!!

Den 1. beim Knochendoc, wenn der mich nach der Geschichte noch rein lässt! Der muss mir die Füße abtrennen!! (Ich denke das kriegt er hin. Hat er ja gelernt.)

Den 2. beim Tierarzt. Der darf das Bolzenschußgerät

ansetzen und mich dann als Notschlachtung
(lahme Kuh) verhökern!! Bisschen Masse ist ja dran …
– Außer da lernt jemand zaubern –
Ich versuche jetzt zu akzeptieren, was ich mir schon
zigmal anhören musste.
Nee, glauben will ich`s trotzdem nicht!! Ich war noch
nie kaputt! Bei mir ist`s vielleicht anders!! Ich bin doch
auch irgendwie anders …

∗∗∗

Ich bin Montag beim Betriebsarzt, der ist viel cooler!!
Der versteckt sich auch nicht im weißen Zwirn!! Ich hab
noch mal Physio im Betrieb bekommen und für meinen
Doc eine Empfehlung für Pillen, gegen die Entzündung
in der Schulter. Ich glaube, mein Betriebsarzt hat mitgeschnitten, dass ich nicht so richtig reden kann! Der hat
für meinen Doc einen Brief geschrieben.
Jetzt warten wir die Reha ab. „Sie melden sich aber,
bevor Sie fahren." „Na klar, Frau Quiese muss ja auch
Bescheid bekommen." Die ist zuständig für den Wie-
dereingliederungsprozess!!
Im Betrieb bin ich wie zu Hause. Das krieg ich hin. Jetzt
kann es ja nicht mehr so lange dauern. Den Antrag für
die Reha hab ich vor Weihnachten abgeschickt. Am
03.01. kam von der Rentenstelle auch die Eingangsbe-
stätigung. Jetzt wird alles gut.
Ich hab noch ein paar Physiotermine im Werk. Hat aber

nur noch einmal funktioniert mit Kollegen besuchen. Wir haben die falsche Schicht. Ab und zu telefoniere ich mit meinem Meister. Die Kameraden sollen ja Bescheid wissen … Die Olle kommt irgendwann zurück!!! Das ist sicher.

∗∗∗

Wir haben einen „Kulturverein" für unser Dorfleben. Um nicht total zu verrotten, trifft man sich monatlich. Da werden Pläne geschmiedet für unser Dorffest. Es gibt auch mal Ideen und Einsätze, um das Dorf schöner zu machen. Bei uns ist öfter mal was los. Wir haben im Januar seit drei oder vier Jahren das Weihnachtsbaumverbrennen! Im Februar ist Vereinsversammlung. Hab bisschen mit Sina über ihre Knie-OP gelabert. Sie war in Halle, scheint ganz gut zu laufen. (Ha, Wortwitz.)
Die Nachsorge hat sie auch bei „meinem" Knochendoc. Sie ist mit ihm ganz zufrieden, sagt aber auch, dass er ihr unheimlich ist. Die Reha hat sie beantragt und sogar schon den Bescheid bekommen. Ich warte noch geduldig darauf. Obwohl … Ein bisschen stutzig macht mich das schon. Aber, wird schon noch!!!
Im Netz stand, das kann 3 – 6 Wochen dauern!!
Oben, im Büro ist eine Ausstellung von den Archäologen. Bevor unser Vereinshaus gebaut werden konnte, haben die da gebuddelt! Das Haus steht vor der Kirche. Sowas lassen die sich nicht entgehen. Erst gab es einen

Vortrag zur Geschichte vom Dorf, dann durften wir uns die Ausstellung angucken. Fast nur Scherben!! Fand ich ein bisschen deprimierend!! Alles kaputt!! Die haben ein uraltes Skelett da gefunden. Hab ich gefeiert!! Der Chef sagte, das muss ein reicher Mann gewesen sein. Seine Zähne zeigten Spuren, dass es wohl öfter Fleisch gab!!! Für mich sah das Ding eher aus wie ein totes Pferd!! Voll hässlich!!!

Jetzt, im März, haben wir Mädels Frauentag gefeiert. War wieder super. Man trifft ja auch kaum noch jemanden auf der Straße! Wer nicht mehr arbeiten muss, ist Rentner und versteckt sich in seinen 4 Wänden. Und da wird über alles gequatscht. Mädels halt. Ich kann mich mit Sina und Brit in aller Ruhe über Reha und solche Dinge auslabern. Mir geht da schon bisschen die Düse. Drei Wochen am Stück von zu Hause weg. Alleine.

Die Zeit ist um und ich hab immer noch keinen Bescheid! Da ruft auch keiner an! Telefonnummer ist dabei ... Ich hab angerufen!! Hab es sehr oft versucht! Bis da mal jemand an die Strippe geht ... Meine Betreuerin von der Krankenkasse ist auch enttäuscht ... Mit ihr bin ich seit Oktober regelmäßig im Gespräch.

***

Inzwischen ist wieder Frühling. Ab und zu hat die Sonne schon die Kraft, es richtig angenehm warm werden zu lassen. An der alten Trauerweide kann man das Sprießen der hellgrünen Blattknospen und Kätzchen geradezu beobachten. Amseln und Meisen bauen ihre Nester. Die Wyhra lässt das Wasser in geordneten Bahnen laufen. Garfield liegt im Gras und wärmt seinen verlausten Pelz im Sonnenschein. Es ist so schön im Dorf. Wenn das Leben wieder erwacht, aus der Tristesse von grau und kalt. Wenn es langsam heller wird ...

Auch wenn der Winter nur kurz Einzug gehalten hat. Er war doch da ...

Frühling riecht gut. Es liegt ein süßer, leichter Duft in der Luft. Die Vögel zwitschern wieder. Herrlich!! Schneeglöckchen und Krokusse machen aus der stumpfgewordenen Wiese hinter'm Haus ein kleines Gemälde. Auf der Wiese vor'm Haus sind die wilden Veilchen aus der Erde gekommen. Die duften nach Himbeerlimonade. Am liebsten würde ich den ganzen Tag auf der Bank sitzen und gucken, horchen und riechen. Lange hält es ja nicht an!! Die Sonne wird viel zu schnell viel zu stark. Dann verbrennt wieder alles! Regen gibt es nicht mehr oft. Seit die Tagebaue geflutet sind, hab ich das Gefühl, dass die Wolken einen Bogen um uns schlagen! Man sieht sie und gleich sind sie wieder weg. Wind gibt es dafür jede Menge mehr! Aus meiner Heimat wird noch eine Wüste, wenn das so weiter geht. Ich erlebe es vielleicht selber nicht mehr, aber mein Junge. Wir sollten es eventuell vorher nochmal fotografieren und einrahmen. So als Erinnerung ...

Damals ... Weißt du noch ...

***

Heute ist wieder Vereinstag. Herrlicher Sonnenschein. Wärme. Muse. Freude, sich zu sehen …

Unsere Weltenbummler waren in China und haben für uns Dorfpomeranzen einen Vortrag vorbereitet. Sieht wirklich aus wie im Fernsehen. Wir haben gebannt zugehört und die Bilder angesehen. Toll. China ist für Touries total aufgeräumt. (Wenn man auf dem Weg bleibt …)

Mein Bescheid für die Reha ist heute auch endlich gekommen! Meine Gedanken kreisen immer wieder um das Gefühl alleine zu sein. Ich hab schon mal angefangen meinen Leuten Bescheid zu sagen. Ich hab da einiges zu organisieren! Muss ja auch für den Kurzen passen, wenn ich mal paar Tage nicht da bin. Dann wird verdrängt!!! Der Vortrag hat geholfen!! Unsere Männers haben draußen den Grill angeheizt! Heute gibt`s wieder lecker Schweinebraten vom Spieß. Da freu ich mich immer drauf, wie ein Schulanfänger auf seine Zuckertüte. Wenn ich mal nicht in der Küche versauern muss, schmeckt es doppelt lecker. Ich bin echt froh, dass wir unseren kleinen Verein haben! Der hat mir gut durch dieses Jahr geholfen. Wir können uns herrlich unterhalten. Ist sehr entspannt, wenn jeder jeden kennt.

Heute wird unser Frühjahrs – Ausflug vorgestellt. Wir machen das jedes Jahr. Einen im Frühjahr und einen im Advent. Die Kameraden fahren dieses Mal nach Sachsen- Anhalt. Unsere Organisatoren testen immer alles, bevor wir irgendwo hin fahren. Dann ist es schon interessant zuzuhören, was uns erwartet. Dieses Jahr geht`s in einen alten Bunker der NVA. In die Dübener Heide. Ferropolis ist auch ein cooles Ziel, wenn man mit der Braunkohle aufgewachsen ist. Das steht auch mit im Programm. Schade, ich bin zur Reha. Wir können mal wieder nicht mit. Aber Kossa ist nicht so weit weg. „Ich bin in Bad Schmiedeberg. Kommt ihr mich besuchen? Nur mal über`n Parkplatz fahren und hupen. Dann winken wir uns."

***

Jetzt muss ich die Kinder noch informieren! Ostern wollen die 3 nach Sachsen kommen.
Der Familien- Neger steht nicht zu Verfügung. Der Gedanke macht mich ein bisschen wehmütig. Ich hab mich schon seit Weihnachten darauf gefreut und nun …
Werde ich zur Reha fahren und hoffentlich bald wieder richtig funktionieren!!Im August wollen die Kinder ja noch mal kommen. Wenn ich Urlaub kriege, dann hab ich auch Zeit. Jetzt ist Zeit für mich! Ich bin angemeldet! Es gibt kein Zurück!!!
Meinen Koffer hab ich heute gekauft! Neue Turnschuhe auch. Die „Alten" hatten was von toter Ratte! Muss ja nicht sein.
Meine Schulter hat die „Potenz eines alten Mannes"! Der Ausleger geht hoch, aber mit der Leistung brauch ich nicht anzugeben. Mein Ast brummt, ich kann immer noch

nicht schlafen. Wird Zeit, dass da noch was passiert!!
Einen großen Rucksack hab ich mir zugelegt. Da kann ich mein Büro rein packen, für den Fall, dass ich dort auch nicht schlafen kann. Dann hab ich Zeit zum Weiterschreiben. Mein Hirn ist immer noch voll Grütze. Das Zeug muss raus. Ich brauch die Kapazität. Wenn ich wieder im Betrieb bin, muss ich ja den Anschluss finden!! Ich hab jetzt schon die 2. Opti – Welle verpasst ...
Ich freu mich! Endlich ist ein Ende in Sicht! Ich vermisse meinen Job und meine Kollegen schon! Heute früh hab ich angefangen zu packen. Ich hab auch wieder dieses Problem mit der Konzentration. Morgen geht`s los. Ich bin so aufgeregt, weil ich nicht weiß, was mich dort erwartet!! Angstkotzen ist ekelhaft! Ich hab zwar meterweise Info – Material bekommen und im Netz geguckt. Aber sicherer macht mich das nicht wirklich!!
Ich bin das 1. Mal alleine, so lange, so weit weg!! Vom Krankenhaus aus hätte ich ja noch heim laufen können. Aber dort ...

Ich sinniere noch ein bisschen unten auf der Bank!! Vielleicht wird`s ja besser, wenn ich mir noch etwas Natur reinziehe.
Ist das verrückt ...! Meister Adebar ist vom Süden wieder da!! Der wusste, dass ich noch was Schönes sehen wollte!! Der nistet seit ein paar Jahren im „al-

ten LTA".

Wenn die Frösche an der „Lache" und im „Toten Arm" ihre Horrorkonzerte veranstalten, dann kommt der heim!! Der Storch macht beim Klappern so einen Lärm. Das hört man, glaub ich, kilometerweit! Man kann es auch durchs geschlossene Fenster hören! Von der Straße und vom Damm kann man ihn auf seinem Nest gut sehen. Dann beobachten wir gerne, wie die „Alte" ihn jagt, zum Futter besorgen. Storch sein, glaub ich, ist doch ziemlich anstrengend. Und die Viecher sind riesig. Wenn der bei uns auf der Wiese hinter`m Haus „rastet", dass ihn die „Alte" nicht sieht, würde ich nicht da stehen wollen!!! Riesenviech …

Oh. Jetzt ist`s aber schon spät … Ich muss den Kurzen holen und hab noch 2 Wege. Ich sollte mich sputen!! Heute ist 13.15 Uhr Schulschluss.

Ich hab meine Aufgaben erledig! Freizeit. Noch 20 Minuten bis es in der Schule klingelt. Ich schnips noch mal schnell bei meiner Friseurin rein. Die ist auch immer wieder lustig. Aber heute hat sie Frühschicht und in 10 Minuten Feierabend. Verdammt … NOCH 3 Wochen mit der Matte!!! Jetzt, wo endlich der Frühling kommt. Das halt ich nicht aus. Du hast keinen Schimmer, wie warm es unter so einem Pelz ist!! Meine Friseurin hat ein gutes Herz. Sie macht meinetwegen länger!! Sie wartet, bis ich den Kurzen im Salon platziert hab. Mit ihr kann ich auch hervorragend labern. Da vergeht die Panik, die ich gerade noch hatte, im Nu. Sie hat mich fix abgemäht. Ich bin ihr so unglaublich dankbar dafür!! Jetzt bin ich bereit ...!

Dann sind wir heim.

Mein Koffer steht, fertig gepackt, hinter der Tür. Der Kurze hat jetzt realisiert, dass es wirklich mein Ernst war!! Das ich echt eine Weile nicht da bin. Richtig vorbildlich hat er sich um seine Hausaufgaben gekümmert. Er war schon lange nicht mehr so schnell fertig. Selbst zum Ranzen packen brauchte er keine Aufforderung. War ein echter Selbstläufer. Sollte ich öfter weg fahren? Morgen wird ein verrückter Tag. Ich werde vor Aufregung kein Auge zubekommen!!

Reha in Bad Schmiedeberg – 05.04.2017

Die Nacht war tatsächlich grauenhaft. Gedankenkarussell! Der Rücken drückt, die Schulter muckert. Mir ist schon wieder kotzübel. Mein Mann hat Frühstück vorbereitet. Mehr als ein halbes Brötchen und ein Käffchen schaff ich aber nicht. Wir wollen um 6 starten! Zwischen um 8 und um 9 soll ich da sein! Knapp 90 km, sind zwar nicht wirklich weit, aber als Provinzgermane denkt man anders. Außerdem muss mein Mann nachher noch arbeiten. Der Kurze hat die Nacht bei der Oma verbracht, dass wir gleich früh in die Puschen kommen können ...

Der Gute schleppt meinen „Kleiderschrank" und die

große Tasche runter zum Auto. Mir ist schlecht. Ich muss nochmal auf`s Klo ...

Dann geht`s ab ... Meine Zeitung nehme ich mit!!

Die Fahrt ist recht entspannt. Auf der Autobahn war mir nur einmal ganz kurz mulmig. (Der hat aber auch einen Fahrstil!!)

Wir lagen echt gut in der Zeit. Wir fahren durch eine schöne Umgebung. In Bad Düben hat mein Mann seine Armeezeit verbracht. Ich war einmal da. Zur Vereidigung. Hat mir gereicht.

Erinnerungen kamen ihm hoch, als wir uns dem Ziel näherten!! Bad Schmiedeberg ist ja gleich um die Ecke – quasi.

∗∗∗

Es ist noch recht früh, 7.30 Uhr. Die Nacht war etwas kühler als die letzte zuvor. Die Landschaft ist in Nebel getaucht. Überall Wasser. Viel Wald. Schmale Straßen. Am Horizont lunzte die Sonne als rote Backe aus der Nebelwand. Das war ein idyllischer Anblick. Voll romantisch!!

STADT Bad Schmiedeberg. Ja, es ist ein wenig ungewohnt. Nennt sich Stadt, sieht aber aus wie Dorf. Von der Kutscherei brummt mir der Ast. Wir sind viel zu früh da!! Mein Mann hat keine Zeit, wirft mich in der Empfangshalle ab. Er muss ja zur Arbeit.

An der Rezeption wurde ich sehr freundlich empfangen.

Ich hab eine Hand voll Papier bekommen und einen Beutel. „Wenn Sie zu den Therapien gehen, können Sie ihre Sachen da reinpacken." (???) Mein Zimmer ist noch nicht fertig. Ich platziere mich in der „Lounge".

Die Sitzgarnituren sind sehr funktionell und extrem unbequem! Ich hab da eine ganze Weile gewartet. Jetzt glüht mir auch noch das Sitzfleisch! Ich guck mir schon wieder die Leute an!!

Hier geht`s zu wie auf dem Bahnhof! Türe auf! Türe zu! Quietschen. Klappern. Koffer, Leute …

Manche Abreisende haben so viel Gepäck dabei, die müssen mit Gepäckwagen fahren! Ich will gar nicht wissen, wie lange die hier gewesen sind. Voll gruselig!

Irgendwann bekam ich auch endlich meinen Schlüssel. Aber erst muss noch die Putzfrau rein.

Ich durfte derweil schon mal hoch. Aufnahmegespräch bei der Funktionsschwester. Ich bin auf Station 3.

Selbstverständlich bin ich auf der falschen Seite vom Lift ausgestiegen.

Ich latsche los, mit meinem „Schrank" und dem Büro unter`m Arm. Die „richtige" Schwester hat das auch wohlwollend verfolgt!! (Ich sah da jemanden stehen.) Ich klopfte an irgendeinem Raum. Da stand Schwester dran. „Na zeigen Sie mir doch mal Ihren Schlüssel! Das hab ich geahnt! Sie müssen da rüber!" Uffzz!! Den ganzen Kram wieder hoch! Kommando zurück! Andere Seite! Aber da war ich dann richtig.

Unsere Schwester ist sehr freundlich. Mein Zimmer dauert noch. „Stellen Sie Ihr Gepäck erst mal hier rein. Sie müssen doch nicht alles mitschleppen." Sie hat das Aufnahmegespräch mit mir gemacht! Mich nach über 30 Jahren das 1.Mal gemessen! – 180,5cm – Mir fehlen über 4cm in der Länge!! Wenn das noch paarmal so geht, bin ich weg …! Wiegen … Ich atmete kurz schwer … Das war aber möglicher weise eine Gepäckwaage. Die gehen bisschen anders … Da kam keine rote Karte!

Dann warte ich draußen nochmal. Ich muss zu einer Aufnahmeuntersuchung?

Die Schwester sagte, der Arzt ist sehr nett und er spricht 6 Sprachen. ?? „Ok. Toll." Ich spreche zwei … Kenn ich trotzdem nicht!! Mal sehen. Mir ist etwas mulmig. Schon wieder ein fremder Doc!! Es dauerte auch nicht lange! Ich hatte quasi gar keine Zeit mich richtig zu gruseln. Ich wurde wieder abgeholt. (Wie damals im Krankenhaus. Grins …)

Der Doc scheint noch recht jung. Spricht aber ein ganz ordentliches Deutsch. Mit ein bisschen Glück ist ja in seinem Sprachrepertoire auch sächsisch …

In seinem Büro steht ein Erwin, ohne Haut und Gewebe … voll hässlich!! An der Wand hab ich ein ekelhaftes Poster gesehen, wie zu Hause in der Physio-Praxis!!

Er fragt recht viel!! Ich hab doch die Zettel alle schon mal ausgemalt! Als ich den Antrag ausgefüllt habe! Jetzt geht das wieder los …

Hat ein bisschen gedauert, bis ich mich richtig darauf einlassen konnte. Aber der Doc ist sehr freundlich und geduldig. Er hat wohl auch etwas Skepsis bei mir gesehen.

Ich kann nichts dafür!! Ich musste mit dem Rücken zu ihm stehen!! (In Unterwäsche!!) Hallo!!! Ich kannte den nicht!! Woher soll ich denn wissen, ob ich ihm vertrauen kann!!!

Wir hatten viele Dinge zu klären. Da mussten sehr viele Kreuze aufs Papier!! Und der kann kein sächsisch!! Jetzt renke ich mir auch noch den Kiefer aus!!

Der hat mich zentimeterweise ausgemessen und mit seinem Kuli Striche auf den Rücken gemalt. Jedes Mal, wenn ich geguckt hab, was der da macht, fragt der mich, warum ich so gucke …

Aber die 4 cm hat er auch nicht gefunden. Die sind weg!! Der Typ ist voll lustig. Er hat in meinen Papierkram geschaut und bisschen gelesen. Der versteht Spaß!! Cool!!

Ein paar Dinge musste ich erklären (z. Bsp. den Neger), aber der hat das verstanden!! Ich konnte mich quasi ausschütten vor Lachen. Wie der immer geguckt hat … Herrlich!! Der kann Spaß!! Find ich klasse!! Besser wie jede Pille!! Dann muss ich schon wieder den Hampelmann machen! Mir brummt der Ast noch von der Kutscherei! Der guckt wirklich JEDEN Zentimeter an!! Und was der alles wissen wollte …

Aber egal. Hab mitgemacht! Wir haben einen Plan gemacht. Den muss der Chef noch abnicken. Dann geht das hier mal los.

Mein Zimmer erwartet mich. Ich hab ein schönes gro-ßes Zimmer. Sauber, hell, freundlich. 2 Betten, 2 Schreibtische. Kommt da etwa noch jemand??? Das Bad ist behindertengerecht. Super!!

Ich werde beim Duschen nicht mit den Ellbogen an der Wand anstoßen!! Auf dem frisch bezogenen Bett liegen frische Handtücher. Wie im Westen. Bloß, dass die hier unsere Sprache sprechen.

Dann fange ich mal an mich einzurichten. Koffer auf, Tasche auf und alles in den großen Schrank gepresst. Wer zuerst kommt … Ich hab mich ausgebreitet. Haha. Da ist kein Platz mehr. Hab alles alleine in Beschlag ge-nommen … Ich muss auch nicht teilen …

Das ist mein Zimmer …

Dann klingelt`s am Bett! Telefon?? Nanu?? Hat der Vor-gänger nicht Bescheid gesagt, dass er weg ist? Das klin-gelt immer noch!!

Ich geh ran und sag vorsichtig: „Hallo?"

Am anderen Ende schallt`s: „Ja, Hallo! Sind Sie die Frau Langschuh? Hier ist der Oberarzt. Ich erwarte Sie im Schwesternzimmer!"

WHAT??? Woher weiß denn der …? „Ok!! Ja!! Ich komm dann mal vor …" Das spricht sich ja rum, wie ein Lauf-feuer … Mein kleines Hirn rattert voll irritiert und total planlos und hat keine Zeit sich zu gruseln!

Natürlich wurde ich erwartet!! Das kommt für mich aber völlig überraschend! Ich war noch nie kaputt! Ich war noch nie zur Reha! Ich kenne sowas alles nicht! Ich bin vom Dorf.

Ich kenne Camping und das Bootshaus. Aber das hier ist Neuland für mich …

Er hat sich vom lustigen Doc den Bericht angesehen und mir noch ein paar letzte Fragen gestellt. Auch ein sehr höflicher Mensch. „Wir" konnten ganz gut reden. Dann bin ich mit meinen „Aufgaben" erst mal fertig … Ist schon alles bisschen aufregend.

Jetzt ist Mittag. Ich darf zur 1. Fütterung. Hab zwar gar keinen Hunger, aber ich hab da einen Platz und die Mädels haben für mich mit gekocht. Es gibt komische gefüllte Nudeln, ohne Sauce? Zum Nachtisch gibt`s Sahnepudding – Schoko. Der stand schon auf dem Tisch, auf jedem Platz … Unglaublich. Da wird doch echt gefragt, ob man den Pudding auch noch umgetauscht bekommt. Wo sind wir gleich nochmal? Schlaraffenland? Wonderworld?

Mein Hirn ist von dem heutigen Tag noch total überfordert! Reizüberflutung!! Informationswellen … Eine nach der anderen … Ich komm mir vor wie ein Nichtschwimmer.

Ich stachel mir ein paar von den komischen Nudeln rein und verpiss mich in mein großes Zimmer. Für heute bin ich mit allem durch.

Die nächste Fütterung ist 17.30 Uhr.

An der Rezeption liegt Post für mich. Super!! Mein Plan für die nächsten 2 Tage. Ist nicht viel.

Ich geh erst mal eine Runde durch`s Haus. So viele Türen!!! Wo muss ich denn hin?? Ach du Schreck … Das ist ja riesig! Hoffentlich finde ich den Weg zurück … Von wo kam ich denn??

Morgen wird eine offizielle Führung gemacht. Ich muss aber vorher schon zu ein paar Terminen. Dass die Stationsschwester mich zuerst haben wollte, hab ich bereits verdrängt!! EKG. Aaah, das ist unten um die Ecke. Vorher zur Sozialberatung. Dann ist Führung …

***

Hier ist 3mal am Tag Fütterung. Da geht`s zu wie im Hühnerstall! Mittagessen wird auf die Plätze gestellt. So vermeidet man Chaos. Clever!! Eine Salattheke gibt`s hier. Das ist sagenhaft … Und lecker. Hier gibt`s zu jeder Mahlzeit von allem. Herrlich. Schöner wie zu Hause. Da macht auch keiner lange Zähne.

Mein Platz ist am Tisch 37. Hab schon wieder Glück! Ist ein Vierertisch. Der steht nicht in der Mitte! Die langen, dichten Reihen ohne Sichtschutz bleiben mir auch erspart! Darf bei 3 Leuten sitzen, die schon eine Weile da sind. Ist ganz ok. Die quatschen nicht den Kümmel aus dem Käse. Ein paar Worte zur Begrüßung, kurz vorgestellt.

Maaahlzeit …

Ich glaube, ich werde es ertragen können! Beim Rausgehen sah ich, dass in meinem Postfach etwas lag! Ich bin doch gerade erst angekommen?? Ich hab eine Verlängerung!!! Jetzt schon?? Ich muss der Krankenkasse und meiner Firma einen Abzug schicken. Ich muss zu

Hause Bescheid sagen.

Das rattert schon wieder!!!

To much input!! Error!! Error!! Mach ich morgen!! Heute bin ich noch nicht soweit. Außerdem ist jetzt der Kiosk schon geschlossen. Ich fühle mich in diesem Moment schon wieder total überfordert …

Fernsehen kann man hier auch? Was will ich mehr!! Donnerstag ist eine Abendveranstaltung im Fernsehraum. Da kam vorhin ein Gong und die Durchsage. Kann man sich ja mal reinziehen. Tut ja nicht weh …

Doch … Wir werden zum Klatschen animiert. Das ist hässlich in der Schulter!! Aber ich kann ja auch mit den Beinen wackeln … Schlager aus den 40er bis 90er Jahren … Ist nicht unbedingt meins … Sitze lieber etwas abseits. Ich mag es nicht, wenn mir fremde Leute auf die Pelle rücken.

Wir sollen Schunkeln!!! AUS!!! Abhauen!!!!

So alt fühle ich mich nun auch wieder nicht!!! Aber die Stunde war dann zum Glück recht schnell um …

***

Freitag bekomme ich endlich meinen Bewegungsplan für die nächste Woche. Ich bekomme Arbeitsplatztraining. Hat auch nicht jeder. Wir haben ein paar Sachen simuliert, wie ich in etwa am Band arbeite. Heben, tragen, halten, drücken, schrauben, schieben!!!

Ich freu mich! Endlich was für mich. Ohne, dass ich

zwischendurch den Kurzen abholen, Wäsche waschen, kochen oder putzen muss!!!! Herrlich. Endlich.

Nach dem Abendessen dreh ich noch eine Runde. Erst zur „Stadt" – in den Park. Dann an den Brunnen, auf einen Schluck von den Steinleuten! Dann, mal sehen, wohin meine Füße laufen wollen. Es ist gerade Blütezeit. Magnolien, japanische Zierkirschen, Mandelbäumchen, Apfelbäume. Überall sind frische Blüten. Das duftet! Und wie das aussieht … Herrlich. Ein rosa – süßer Mädchentraum … Hier gibt es viele befestigte Laufwege. Ich nehme jeden Tag einen anderen. Meistens enden die allerdings am Kurhaus oder am Park. Ist ein bisschen langweilig. Aber ich kann ja unterwegs die Richtung ändern.

Heute hab ich eine schöne Runde gedreht. Bin mal woanders rausgelaufen. Der Physioman sagte zwar, wir sollen nicht alleine gehen. Aber mit den langsamen alten Leuten … Da krieg ich die Motten. Ich mach lieber spontan los. Hab mein eigenes Tempo und entscheide mich kurzfristig für eine neue Richtung. Ich muss mich auch an die Schließzeiten im Haus halten. Um 8 ist die Türe zu. Ich hab zwar einen Transponder, aber soweit bin ich noch nicht. Unterwegs hab ich Rehe gesehen und Rebhühner. Wie zu Hause. Das mach ich jetzt öfter. Hab ja Zeit.

***

Herrlich, ich hab nach dem Lauf gestern geschlafen, wie schon lange nicht mehr. 5 Stunden am Stück. Das macht mich zuversichtlich. Allerdings ist mein Bett hart wie eine Parkbank. Es gibt in meinem Organismus keinen Knochen, der nicht weh tut.

Der Gong für die offene Futterkrippe kam gerade. An der Rezeption liegt mein Plan für nächste Woche. Ich bin im Moment einfach nur happy.

Nach dem Frühstück hat mein Mann angerufen. Er wollte die Waschmaschine starten. Ist schon etwas schwierig für ihn … Wir haben noch bisschen gequatscht. Jetzt krieg ich auch noch Heimweh. Das zieht mich total runter. Ich muss raus!!! Hab mir am ersten Abend noch Kippen besorgt. Eine Runde laufen, eine Fluppe und danach ein bisschen Sauerstoff in den Kopf pumpen.

Vor meinem „Heim auf Zeit" ist ein kleines Fließgewässer. Da führt eine Brücke drüber. Ich guck mir gerne laufendes Wasser an und denke dabei an nichts. Heute saß da eine Amsel drin. Hab ich gefeiert. Die ließ sich doch tatsächlich die Kloake spülen. Ein Brüller!! Aber als sie mich gesehen hat, ist sie aus „ihrem Bidet" ausgestiegen. War ihr wohl peinlich. Die Hummeln sind hier nicht so dick wie zu Hause. Aber dafür gibt es jede Menge. Hier brummen ganze Hecken …

Ich bin nur eine kurze Runde unterwegs. Durch den Park, zu der Steinleuten, einen Schluck trinken und wieder zurück. An der Villa Charlotte lauf ich nicht

mehr lang! Da kam gestern ein Hund an den Zaun ge-
sprungen – hab ich mich erschrocken … Es gibt ja noch
mehr schöne Wege …

Die Gegend ist richtig idyllisch. Die Leute aus meiner
Reha – Klinik scheinen mich auch schon zu kennen.
Wann immer mir jemand begegnet wird geschmunzelt.

Außer unser Doc! Der guckt immer total leer und stürzt
zu seinen Terminen, oder wo auch immer der hin
rennt!! Aber Den quatsche ich auch noch voll!!

Ich finde, hier wird sehr viel gelächelt. Hier geht es sehr
freundlich zu. So ist`s schön.

***

In meinem Zimmer geb ich mir täglich die „waterkant".
Mindestens 4 Liter. Es ist unglaublich, wie trocken die
Luft hier ist. Hoffentlich gewöhne ich mir das nicht an.
Nicht, dass ich dann unterwegs irgendwann „meine
Flasche" vermisse.

Nach dem Mittag haben wir sehr viel Zeit. Manche machen Ausflüge, andere spielen was zusammen oder
nutzen die Trainings- und Badeanlagen. Einige Leute
haben auch Besuch.

Ich mach mich noch mal los. Hab noch ein paar Wege
gesehen, von denen ich nicht weiß, wo sie enden. Ist
mir völlig wurscht, ob da jemand mit geht!!

Das war eine riesige Runde!! Ich war circa 3 Stunden
straff unterwegs.

Bin auch in die Eisdiele eingekehrt. Mein „Tischnachbar" hat sich Spaghetti – Eis ausgesucht.

Der saß da mit (s)einer Frau … „Ein Großes oder ein Kleines?"

„Ach, mir reicht ein Kleines."

Hab ich gelacht … Das Kleine ist etwa so groß wie ein Litertopf. Das Große wird dann die Familienpackung (5 Liter) sein. Die Augen von dem Typen sprachen Bände. „Aber ich wollte doch bitte nur ein Kleines." – „Das ist doch das Kleine!" Hab ich gelacht. Für mich gab es Schwarzwälder Kirsch. Ich hatte Bock auf ein Likörchen. Scheiß auf das Hüftgold!! Es war sehr lecker.

Demnächst werde ich mir eine Umgebungskarte zulegen. Ich muss doch mal gucken, wo ich schon war. Grosswig, Söllichau, Reinharz. So war meine Runde von heute. Unterwegs habe ich jede Menge Eichelhäher gesehen. Ich hab mir eine tierische Blase gelaufen. Das war aber auch abzusehen. Die ersten 2 Tage war ich in meinen Autofahrerschuhen auf der Piste!! Jetzt habe ich richtige Laufschuhe!!!

Mir haben die Socken gequalmt, eeekelhaft!! Ich musste erst mal duschen!! Die riesige Blase am Huf hab ich unter der Brause abgerissen. Heute kann ich dann nicht mehr laufen …

Jetzt muss ich mutig sein!! Ich hab keine Pflaster dabei … Ich schreib mal auf einen Zettel, was ich will. Dann such ich … oh … da ist jemand. Unser Doc hat eine liebe Schwester. Ich hab einen halben Meter Pflaster bekommen. Das reicht erst mal eine Weile

Doch, hier ist`s schön. Hier kann man ganz viele schlimme Dinge verdrängen …
War dann doch noch mal auf `ne kleine Runde an der Luft. Bei der Menge, die ich hier esse, brauch ich mehr Bewegung. Ich lauf einmal kreuz und quer durch`s Karree. Wir können echt froh sein, dass wir in unserer Klinik gefüttert werden. Ich hab doch da eben ein Haus gesehen, die kriegen aus der „Moorküche" …

***

Am Montag sollte ich vor dem Frühstück zum Blutdruck messen und Blut abnehmen antreten. Das hat die Schwester für mich beim Aufnahmegespräch extra auf ein richtig großes Blatt geschrieben. Und der Zettel war weg. Hab ihn erst gegen Mittag gefunden. Das war mir sehr peinlich!! Aber die Schwestern vom Doc sind entspannt und freundlich. (Der hat aber viele Schwestern!?) Ich darf das morgen früh nachholen. Danach geht`s mit Therapie los. Ich mache da einige lustige Sachen. Ist zwar zum Teil auch anstrengend, aber mit Kopfkino läuft`s … – Phonophorese – Was ist das denn?? Im Keller?? Machen wir Musik?? Cool!!
Nee – Ist Ultraschall, mit Schmerzgel – herrlich!!!
War nach dem Mittag nochmal unterwegs und hab die

restlichen Kippen verschenkt. Mit Feuerzeug! Eigentlich wollte ich ja direkt aufhören mit der Qualmerei!! Hab mich schon bisschen geärgert, dass ich gleich am 1.Tag rückfällig geworden bin. Diese elende Sucht. Ist alles Kopfsache und ein bisschen Charakter.

Der Nachmittag war dann recht entspannt. Immer wieder laufen. Solange die Füße und der Rücken mitmachen …

***

Die Nächte sind hier inzwischen genau so bescheiden, wie zu Hause. 2 Stunden schlafen, dann wird gewälzt, weil mir der Ast brummt!! Ich musste auch noch nie auf einer Parkbank schlafen …

Ich hasse neue Erfahrungen …

Meistens sind die doof …

Neulich bin ich in ein schickes Trink – Brunnen – Haus einmarschiert! Hab wie üblich eine Hand voll genommen. War das ekelhaft!!! Total versalzen … Dort geh ich nicht mehr hin … Pfui!!

Durch die Umstellung, von zu Hause auf hier und dem Entzug von der Qualmerei, fühle ich mich wie aufgeblasen. Trotz Bewegung kommt der Stoffwechsel nicht so richtig in Gang! Vielleicht sollte ich die Zuckerzufuhr einschränken. Hab quasi eine Lagerhalle im Schrank. Meine Kollegen im Betrieb kennen das! Ich bin der Zucker-Junkie!! Ohne bin ich nur halb. Aber dann hab ich doppelten Entzug! Nee!!! Süßes bleibt noch!!

War mal wieder ziemlich lange auf! Wenn sie eh nicht schlafen kann, kommt`s auch nicht mehr drauf an ... Mein Therapie – Tag beginnt mit „ausruhen".

Ultraschall auf die Schulter ...

Das ist schön. Das könnte jeden Tag im Plan stehen ... Das wirkt ... Für 3 Stunden!!

Hier scheint regelmäßig Oberarzt- Visite zu sein. Hört man so, von den Leuten, die schon paar Tage da sind. Ich hatte meine heute. Neben mir sitzt eine Frau. Die schwitzt wie verrückt. Die wedelt mit ihrer Mappe, mir war davon schon ganz kalt. Hab sie gefragt, ob das vielleicht Panik ist. Aber sie sagte, das ist keine Panik, sie schwitzt immer so. Ekelhaft!! Der Doc ist sehr nett. (Weiß ich doch!) Dann wird sie aufgerufen. Aus dem Behandlungsraum kommen merkwürdige Geräusche. Die Typen neben mir gucken schon ein bisschen komisch. Die haben sich gerade dazu gesellt. Hab ihnen von der schwitzenden Frau erzählt. Die gucken immer noch so komisch. Die gucken auch immer wieder auf die Wand, hinter der diese Geräusche sind. Ich sagte: „Die Arme hat ihr Handtuch vergessen. Sie muss zum Trocknen erst in die Zentrifuge. Das dauert mal noch bisschen. Hoffentlich habt IHR alles dabei!!!" Ich muss mich wegdrehen – grins mir einen ...

Der Doc ist wirklich sehr nett. Er wollte schon mal eine Art Vorab – Feedback. Aber nach der kurzen Zeit fällt mir da nicht wirklich was ein ... Er hat meinen Papierkram durchgeschaut und meinte: „Die stufenweise

Wiedereingliederung empfehle ich mit anfangs 3 Stunden. Sie bekommen bei unserer Sozialberaterin einen Termin, die erklärt Ihnen das alles." Endlich!!! Ich glaube, auf diese Worte hab ich am meisten gewartet. Jetzt wird doch noch alles gut!!!

Ich hab heute auch einen neuen Therapieplan bekommen. Hab gemault bei dem Gespräch, weil ich nicht ausgelastet war. Ist ja jetzt auch bald Ostern. Das bedeutet therapiereduzierte Tage. Das geht gar nicht! Er sprach, er hätte es nicht anders erwartet!!! (?)

Etwas später hatte ich dann auch „eine Zusatzaufgabe"!! Krankengymnastik!! Das ist hier aber kein Muttchensport!! Das beruhigt mich. Ich hab in der Gerätehalle ein paar Übungen bekommen … Der Trainer ist total cool. Wir hatten erst eine relativ entspannte Unterhaltung (der war genau so neugierig, wie der Trainer zu Hause)!! Dann sind wir in die Halle. Der hat mich vielleicht mal gestriezt!!

Bin nach meinen „Aufgaben" dann auch nochmal in die Spur. Es regnet heute. Hässlich!! Ich laufe die gepflasterten Wege lang. Ich mag Schlamm an den Schuhen nicht! Ich hab ziemlich lange Schuhe. Die sind dann unglaublich schwer. Ich putze Schuhe auch nicht so gern! Pampe ist ekelhaft und man weiß nie, was da drin ist!! Dann kauf ich lieber neue Treter! War nur kurz unterwegs, eine knappe Stunde. Ich kenn ja die Stadt inzwischen. Gehe heute auch recht bald in`s „Bett".

* * *

In der Ferne quaken Frösche. Das höre ich heute zum ersten Mal hier. Mein Zimmer liegt auf der Westseite. Wir haben Morgenrot! Das sieht – so erahnt – genau so schön aus, wie, wenn man es direkt auf`s Auge bekommt. Herrlich!! Heute geh ich raus!!

Therapien abarbeiten, umziehen … Aber erst noch auf`s Ergometer. Muss schließlich von dem Frühstück noch überschüssige Energie los werden!! Ich werde noch übel fett, wenn ich mich nicht bewege. Seit über einer Woche qualme ich nicht mehr. Das macht sich in Extra-Appetit bemerkbar!

Hab auch wieder eine schöne Runde gedreht. Unterwegs habe ich EINE!! Wasserjungfer gesehen. Ich wunder mich da ein bisschen!! Es gibt hier so viel Wasser und keine Tierchen … Eidechsen hab ich auch noch keine entdeckt. Zu Hause liefen die doch schon …

Ich war 2 Stunden, straffen Schenkel, unterwegs … Vielleicht kommt ja das Erfolgserlebnis noch … Heute geh ich mein erstes Bier trinken. Das ist mein Plan. Ich hab seit Tagen schon so unglaublich Appetit … Ich denke, das hab ich mir heute verdient … Hab auch einen Super Glas–Bier–Laden gefunden. Die Wirtin ist total nett und zu essen bekommt man auch, wenn es Not tut. Den Laden merke ich mir mal!!!

Hab mit meinem Lieblingskollegen gesimst. Der kommt mich hier besuchen. Mit seiner Familie. Die mag ich gern um mich haben. Freu mich schon, seit ich es weiß. Wir treffen uns auch so ganz gern, am Bootshaus oder auch mal in einem Wirtshaus. Wir sind einige Kollegen mit Familien. Wir machen das schon ein paar Jahre. Selbst mein Junge kommt da freiwillig mit. Der mag diese ungezwungene Atmosphäre. Keiner muss sich verstellen, alles ganz entspannt!! Wenn wir uns am Bootshaus treffen sind wir draußen, an der Luft. Wir grillen und trinken lecker Bierchen dazu. Das ist schön. In den Bungalows, dort auf dem Gelände, ist es auch urgemütlich. Und wenn wir wollten, dürften wir sogar unser Zelt aufstellen.

Jetzt ist Ostern … Ich mag Feiertage nicht … Alle tun so, als wäre es was Besonderes, als würde man was verpassen … Man stirbt, wenn man ausgerechnet an solchen Tagen mal nicht zu Hause ist.

Es ist ziemlich kalt. Die Sonne versucht uns zu verarschen und scheint, als wäre es frühsommerlich, von einem strahlend blauen Himmel. Ist Ostern doch was Besonderes??

Bin beim Frühstück mit unserer schmalen Kollegin alleine am Tisch. Der Mann macht einen Ausflug und die andere Frau schläft wohl länger … Der Osterhase war da. Jeder hat auf dem Platz eine süße Überraschung liegen. Das ist lieb. Hab gestern meine Reserven alle gemacht. Der Nachschub kommt wie gerufen … Heute zieh ich mir eine doppelte Ration Kaffee rein … Hab ja reichlich Zeit.

Dann pflanz ich mich auf's Ergometer und reiße ein paar Runden … Hab eine neue „Kollegin" kennengelernt. Die ist aus Hannover. Wir quatschen die halbe Stunde zur Bewegung. Hat Spaß gemacht. Dann versuch ich mal meine Krankengymnastik, unten in der Halle.

Hab ich getrieft!! Grundübel!! Ekelhaft … Schnell unter die Brause, dass ich zum Mittag nicht klebe.

Dann geht's nochmal raus. Heute hab ich mir den großen Kurpark vorgenommen.

Da gibt's jetzt auch keinen Meter mehr, auf dem ich noch nicht gelaufen bin. Hab auch das Kneipp – Armbad ausprobiert. Nach 30 Sekunden tut die Kälte von dem Brunnenwasser übel weh …

Ich werde hier zum Weichei …

Ist vielleicht aber auch noch zu kalt, im Moment … Das Kneipp – Bad gibt's auch für die Beine. Bei dem Gedanken überläuft mich direkt ein Schauer!! Das mach ich nicht!! Dafür bin ich wirklich zu weich!!

***

Meine Familie will vorbei kommen, mich besuchen. Meine Große ist da sehr fürsorglich: „Also weißt du, Mutti!

Wenn wir schon mal da sind … Du willst doch den Kleinen auch sehen …" Na klar.

Das einzige, was mir nicht so gepasst hat, war das blöde

Aprilwetter. Gerade eben hat die Sonne noch geschienen. Wir ziehen uns an und laufen los. Und vor der Türe schifft`s ... Ich wollte so gerne mit meinen Leuten bisschen spazieren gehen.

Schade, mein Junge ist nicht mitgekommen. Aber eigentlich hab ich`s auch nicht erwartet.

Wir konnten dann doch noch eine Runde drehen. Meine Große ist genau so ein „Süßmaul" wie ich. „Kommen wir an einer Eisdiele vorbei?" „Natürlich!! Mit wem gehst du denn durch die Stadt?" War heute schon mein zweiter Becher to go. Herrlich. Ich bin froh, dass wir hier nicht alle paar Tage auf die Waage müssen. Ich glaube, dann müsste ich meinen Schlüssel abgeben.

Oder ein Zimmer im Parterre beziehen, weil die Decken nicht für Schwerlast ausgelegt sind ...

Ich liebe die Buffets morgens und abends. Die Leute in der Küche müssen uns richtig lieb haben.

Du hast keine Vorstellung, was man alles essen kann ... Damit hab ich aber nicht gemeint wie viel!! Nur was!!! Auf jeder Platte, die hier angerichtet wird, liegt lecker Dekoration. Die zieh ich immer zuerst runter. Wer nach mir kommt hat halt Pech ... Die Salate ... Sowas würdest du dir selber, zu Hause, gar nicht machen ... So viel Arbeit ... Und es ist jeden Tag irgendwas Neues dabei.

Immer total lecker.

Eine Obst- Überraschungsbox gibt es auch. Da waren neulich Apfelsinen drin. Hab mir zwei mitgenommen – man kann ja nicht wissen, ob es Hochwasser gibt. Die hab ich mir abends zum Fernsehen geschält. Schieb mir das erste Stück in den Hals … hat`s mich geschüttelt. War das bitter!! Das waren Pampelmusen!! Da zieht`s dir alle Falten raus!! Das nächste Mal nehm ich lieber Äpfel, oder Bananen. Da weiß ich wenigstens sicher, was in der Schale steckt …

✳✳✳

Heute verlassen uns die ersten zwei Tischkollegen. Die waren beide sehr nett. Die Frau war lustig. Wir haben nicht unbedingt viel geredet. Aber wenn was kam, dann hat`s gepasst. Der Mann war bisschen ein Klugscheißer. Der wusste immer alles. Aber er war jetzt nicht nervig oder so …
Der hatte schon Reha – Erfahrung. Das hat er uns gern spüren lassen.
Zum Mittag waren die Plätze mit „neuen" Leuten aufgefüllt. Auch ganz nett. Eine Sekretärin aus Berlin und eine pädagogische Erzieherin, die quasi um die Ecke wohnt. Die sind auch ganz lustig. Zum Abendessen haben wir uns, so ein bisschen, vertraut gemacht. Wir sind ja von Natur aus etwas neugierig … Doch!! Bis jetzt passt`s!!

Heute gibt es wieder eine Abendveranstaltung im Haus. Das ist nett. Da geh ich wieder hin. Laut Ankündigung ist es „eine humoristische Darbietung". Ich steh total auf Quatsch!!! Bully Herbig inspiriert mich in vielen

Situationen!! Ja, ich bin grundalbern!!

Heute kommt ein sächsischer Comedian. Hin und wieder lässt der seinem Akzent freien Lauf. Das gibt Heimatgefühl. Der schreibt „lustige" Bücher. Hat uns ein paar Episoden vorgelesen. „Sex vor Zwölf" Das Gekreische von den Kolleginnen war himmlisch. Darüber hab ich mich am meisten amüsiert. Hab auch mal die hauseigene Waschmaschine ausprobiert. Ich bleibe ja nun eine Woche länger. Darauf war ich nicht vorbereitet. Hier gibt es wirklich nichts zu meckern. Wenn der Hintergrund nicht (zum Teil) so traurig wäre, könnte man sich daran gewöhnen. Ich hätte nie gedacht, dass ich auch außerhalb von zu Hause überlebe.

* * *

Hab meinen Therapieplan für diese Woche schon verflucht. Der Doc sagte, ich krieg was zu tun. Und dann meint er nur eine Aufgabe damit ... Ich ruhe mich hier zu Tode aus. Immer wieder irgendwo liegen oder sitzen!!! In meinem Plan stand Ergo/Sandbad drin. Das ist vielleicht mal ein Quatsch!! Das verstehe ich überhaupt nicht!! Eine Buddelkiste mit Steinchen, vergleichbar mit einem Katzenklo, und ein paar „Edelsteinen" drin!! Angewärmt!! Das soll die Schultern entspannen!!

Da musst du 20 Minuten drin graben!!! Ich hatte die „Edelsteine" aber schon nach 3 Minuten gefunden ... und musste tatsächlich die 20 Minuten voll machen!!

Da werde ich total nervös!!

Das hab ich mir 3mal angetan. In manchen Kisten sind nur ein oder zwei Edelsteine drin. Da wird man auch noch depressiv!! Heute bin ich zur Ärztin gegangen und hab geblubbert. Das kann man doch nicht mit erwachsenen Menschen machen!!! Und wenn ich zum zehnten Mal anders bin!! Sie hat diesen Kinderkram aus meinem Programm gestrichen und mir die „Arthrosegruppe" verordnet. Hab zwar keine Ahnung, was das nun wieder ist. Werde ich Freitag sehen. Aber das find ich viel besser! Ich will doch wieder funktionieren!!!

***

Meine Große hat Spaß daran, mit meinem Auto rum zu fahren. Schön, dass ich es zu Hause gelassen habe. Sie kann mit meiner Mutter zum Einkaufen fahren und mit dem Kleinen zu ihren Schwiegereltern, wenn sie Lust darauf hat. Heute war sie wieder bei mir zu Besuch. Unser Kleiner schläft total zufrieden. Der war nur beim Aussteigen kurz wach. Er musste in seinen Wagen. Der ist inzwischen ganz schön mopsig geworden.(Meine Große mag das Wort gar nicht!) Jetzt sieht er aus, als wäre nie was gewesen. Meinen Jungen hat sie, dieses Mal, auch dazu gebracht mitzukommen. Neulich, als wir in der Eisdiele waren, haben wir das blaue Eis probiert. Der Kurze mag NUR blaues Eis. War der froh, dass hier genau so freundlich bedient wird wie zu Hause, bei unserem Italiener. Er hat echt 8 Kugeln geschafft. Dabei war es noch nicht mal sonderlich warm. Ich hatte „nur" zwei Becher mit gesamt 4 Kugeln und hab leicht gefroren um die Socken. Dann war es auch noch kurz vorm Abendessen. Aber einmal geht das schon!!! Das nächste Mal ist er sicher wieder nicht mit dabei. Meine Große will am Wochenende nochmal rum kommen. Am Sonntag müssen sie wieder zurück, nach Stade. Mein Schwiegersohn in spe muss wieder arbeiten. Urlaub ist so schön.

Es geht ziemlich schnell mit der Zeit. Das Wochenende war so fix ran. Ich glaube, ich hab hier doch mehr zu tun als ich zugeben würde. Wenn ich nachmittags Lust hab, dreh ich eine Runde auf dem Ergo. Damit es nicht langweilig wird, notiere ich, was ich gemacht hab. Dabei fällt mir doch schon mal auf, dass ich „recht schnell" unterwegs bin. Ob das an den Autos liegt, die wir bauen?? Neulich saß ein Heimatkollege neben mir. Der ist gefahren wie ein kleines Mädchen. Total lahm … Dann erzählt der mir auch noch, dass er früher mal ein „richtiger" Sportler gewesen wäre …

Ich wollte aber auch nicht fragen, warum er nicht aus der Hefe kommt. Auf „Krankengeschichten" hab ich keinen Bock!! Der Gute war Ostern bei seiner Frau zu Hause. Ostereier, oder was??? (Männer …)

***

Ich war mit meiner Familie schon wieder Eis essen. Ich werde noch quatschendfett!!! Die Runde, die wir gelaufen sind, war so kurz!! Es fing immer wieder mal an zu regnen, wir mussten quasi unter`s Dach!! Ich kann ja jetzt nichts dafür, dass es da Eis gab!!

Um nicht alles von den Kalorien zu bunkern, bin ich abends noch in die Halle marschiert. Eine gute Stunde hat sie sich bewegt. Die Nacht war dann mal ganz was Besonderes. Ich konnte schlafen!! Waren zwar auch nur 3 Stunden … Aber in der Zeit hätte meine Parkbank unbemerkt umgestellt werden können. Ich war total weg.

Stromausfall gab es hier auch schon. Hab mir gerade einen Film angemacht (in der Glotze kommt eh nur Müll)! Pflanz mich zu meinen vorbereiteten Obststückchen und fupp, war es dunkel. Bloß gut, dass ich nicht gerade den Rechner am Laufen hatte. Der mag sowas gar nicht. Der hätte mir wieder „den Finger" gezeigt. Das ist mir mal zu Hause passiert … Der hat dann stundenlang gerödelt … Ich hatte es eilig, wollte was machen … Aber mein Rechner nicht … Der hat sich eine Auszeit gegönnt. Sowas ist doof!!

Die Nacht konnte ich wieder total vergessen!! Mir hat der Ast gebrummt, wie schon lange nicht mehr. Ich hätte mir was einwerfen können, aber dafür war ich zu stolz!!

Ich war todmüde und hatte auf nichts Bock. Mein Kollege will heute Nachmittag rumkommen …

Ich bin einfach nur fertig …

Bin dann doch noch mal draußen. Im großen Kurpark.

Mir ist so langweilig … Hab wohl auch schon was am Kopf … Hab gerade den Osterhasen gesehen …

Bin näher ran gegangen … Der war das wirklich … Ich sage zu ihm: „Du Troddel … Was willst du denn jetzt noch hier? Du hast verpennt!!" Grinst der mich an und spricht: „Das ist schon in Ordnung so. Das sind Kleine Ostern!" (???)

Hier stimmt doch was nicht …

Mein Kollege war dann nachmittags mit seinen Mädels da. Das war schön. Wir haben bisschen gelabert und waren endlich mal wieder ein Eis essen … Von der Arbeit haben wir aber nicht geredet … Wir sind auch eine Stunde rumgelaufen … Das war mal eine nette Abwechslung. Seine Töchter wachsen ziemlich schnell. Ich sehe die beiden einmal im halben Jahr … Das merkt man dann schon … Die Große ist so alt wie mein Junge. Die ist schon eine richtige kleine Dame.

Hier vergeht die Zeit wirklich ziemlich schnell!! Jetzt hab ich „nur" noch eine Woche!! Hab mich gerade an die neuen Tischkolleginnen gewöhnt. Die sind herrlich. Alle drei. Was wir lachen können. Unsere „Jüngste" verlässt uns einen Tag vor mir. Sie guckt immer auf die Tafel neben dem Schwesternzimmer. Gestern früh fragte sie mich, ob ich schon mein Abreisekreuz gesetzt hab …

Da musste ich doch gleich mal gucken. Sie ist auf einer anderen Station. Aber ich hatte Glück. Bei uns stand noch nichts dran …

***

Jetzt ist bei uns an der Tafel doch der Plan zum Abreisen. Schade. Hab mich gerade daran gewöhnt. Hier ist es so schön. Man bekommt geradezu den Arsch hinterher getragen. Sowas kannte ich noch nicht …

Es gibt auch noch eine Abschlussuntersuchung? Ich hab mein Kreuz gemacht und meinen Termin notiert. Freitag, 10 Uhr. Nächste Woche muss ich nach Hause.

Mit den Mädels war es gerade so lustig. Die sind echt cool. Die haben mich sogar aus dem Haus gelockt. Ich würde nie in ein anderes Kurhaus gehen! Vorgestern waren wir alle vier zum „Tanz" … Haben wir gelacht … War eine reine Weiberrunde … Von ganz jung über Mittelalter bis ganz alt … Die „Tanzlehrerin" war begeistert, wie voll die Sporthalle war … „So, dann stellen wir uns mal auf, … Immer 4 zusammen! Etwas aufrücken bitte … Das werden keine Standarttänze …"

Hatte schon etwas Bedenken, was nun wieder kommt. Was kam war die Aufforderung, unsere Nachbarin an die Hand zu nehmen … Muss ich das wirklich? Geht doch nur im Kreis. Da verläuft sich doch keiner. Die Tür ist auch zu …

Und dann ging`s los. Russischer Volkstanz, griechischer Tsatsiki (oder so was) und Squaredance … Hab ich geschwitzt. Vorwärts, rückwärts, rechts und links und wieder zurück … Und wenn`s geht bitte alles merken … Und dann wechseln wir noch mal … Und dann nehmen wir unsere Tanzpartnerin bei der Hand … Und immer wieder haben wir mit einem Auge geschaut, dass wir unserer „Prinzessin" nicht zu nahe kommen. Leider hatte unsere „Schmale" zweimal Pech.

Wir haben aber aufgepasst, dass die sie nicht einatmet!! Wir hatten über eine Stunde „Spaß".

Sowas kannte ich noch nicht.

Neue Erfahrungen sind doch nicht immer nur doof ...

***

Freitag ist meine Abschlussuntersuchung, bei unserem Stationsarzt. Hatte nur noch zwei Termine zur Auswahl. Entweder gleich früh, nach der Wärmepackung, oder direkt nach der Therapie im Schwimmbad. Meine Arthrose- Gruppe ... Das macht auch Spaß. Schwimmbad ist cool!!

Der Chlorgehalt von dem Wasser ist sagenhaft. Selbst nach doppeltem Einseifen, danach unter der Brause, stinkt man noch, wie ein Puma ... Aber wenigstens ist sie sauber ...

Die Mädels haben mich beim Frühstück vermisst. Ich hab nicht erzählt, dass ich den Tag schon vorm Kaffee beginne. Sie haben auf der Station anrufen lassen, ob ich noch da bin?? Ich musste mir doch einen Plan ausdenken, dass ich nicht wieder die Schwester vergesse ... Wiegen und Blutdruck messen ...

Bin quasi nach der ersten Therapie zu ihr und hab`s gleich dran gekriegt ...

Ich hatte schon ein schlechtes Gewissen, als ich an unseren Tisch kam.

Dann war mein Termin
– nach dem Schwimmbad!!

Der lustige Doc wollte wissen, ob die 4 Wochen was gebracht haben. Feedback. Aber im Großen und Ganzen hab ich nur einen Schmerzstärken – Punkt abgegeben. Alles wie vorher, trotz vollem Verwöhn-Programm und Entspannung ...

Wir haben eine recht entspannte Unterhaltung geführt. Ich hab ihm gesagt, was gut war. Er hat gefragt, was nicht so gut war. Er wollte auch wissen, ob ich in meinen „Memoiren" über ihn geschrieben habe ... Natürlich ... Der ist wirklich echt lustig!! Ist doch nur eine Art Tagebuch!!
Dann musste ich wieder den Hampelmann machen ... Aber dieses Mal nicht alleine ... Er hat mitgemacht ..., dass ich weiß, was er sehen will ... Lustig ... Einmal dumm gestellt ..., reicht fürs halbe Leben! Schade, zu meckern gibt es hier nichts. Dass ich ein gutes Kilo zugelegt habe, liegt an der Küche ... Ist aber auch lecker. Die haben uns echt lieb. Und es gibt jeden Tag etwas anderes.
Ich hab hier einige Dinge gelernt, die ich so noch nicht kannte bzw. wusste ... Man wird quasi nicht dümmer, wenn man so was mal mitmacht ...
Jetzt bekomme ich schon wieder ein Rezept zum Sport

machen ... Und dieses lange Gesicht ...

Für ein halbes Jahr!! Ich bin doch kein Sportler!! Ich werde auch keiner!!

Der Doc schmunzelt nur: „Ja, das muss sein!" Ich hatte wirklich gehofft, dass das endlich vorbei ist ... Ich bin der Urtyp aller Antisportler!!! Der Doc hat in seine Liste geguckt, ob es sich für mich lohnt, dieses Programm mit zumachen. – IRENA – Aber die nächste „Einrichtung" (Sportklinik) ist entweder in Leipzig oder in Altenburg. Soviel Freizeit hab ich nicht, wenn ich dann wieder arbeiten gehe ...

Also, kein Programm, sondern normalen Reha-Sport. Das werde ich sicher auch im Betrieb bekommen. Bin nächste Woche dort. Da kann ich ja gleich mal bei Katarina vorbei gehen.

***

Jetzt ist es schon fast vorbei. Mein letztes Wochenende hier. Eigentlich wollte ich heute noch mal in die Halle und zum Abendessen in das Super Glas – Bier – Geschäft ... Aber es hat immer wieder gepieselt ... Dann kam unplanmäßig die Putzfrau, weil Montag Feiertag ist ... Ich lag mit meinem Rechner im Flur rum und hatte zu nichts mehr Lust ... und dann war der Tag schon vorbei ...

Nach dem Abendessen bin ich mit der Tischkollegin wenigstens noch mal mit in die Schwimmhalle ... Aber als unsere Prinzessin kam, bin ich abgehauen ... Die macht sogar mir Angst!!! Das will was heißen!! So ein Tier … Die hat aber auch gar nichts von einer Elfe!!! Eine richtige Dampframme!!!

Sonntage sind anstrengend. Diese Woche gibt es schon wieder zwei davon …

Hab heute früh mal auf dem Ergo angefangen … Trampel mir da (völlig gedankenverloren) einen ab … Gesellt sich ein Mütterchen zu mir. Ohne Handtuch! Ohne Flasche! Ohne Plan … So geht das aber nicht!! Das war Margot – aus Dresden!! Seit Donnerstag da!! Sie wollte nur mal 10 Minuten „ausprobieren", wie das geht … Da war sie bei mir genau richtig … Hier wird nicht nur ausprobiert … Ich schwitze auch!! Auf dem Plan steht, das Minimum ist eine halbe Stunde!! Hab sie erst mal in die Spur geschickt, ihr „Werkzeug" zu holen … Sie wollte mir erzählen, dass sie nicht weiß, wie ein Fahrrad fährt …

Na, aber hallo!!!

„Zuerst stellst du dir mal die Höhe ein!! Dann siehst du die Felder mit Start und Stopp! Du drückst auf Start!!! Sonst fährt das nicht los!!! Und jetzt gibst du mit der Plustaste den Widerstand ein … Am besten ist, wenn du gleich mit 100 startest … Bei 80 U/min … Dann bist du eher da … Ich musste mich dauernd weg drehen! Hab ich gefeiert …

Sie hatte das Quietsch – Ergo. Der Sattel hat da einen weg … Sie rutschte dauernd nach vorne … War schon ein bisschen nervig!! Zum Glück ist meine halbe Stunde gleich um … Ich geh in 10 Minuten mal gucken, ob sie noch lebt …

***

Feiertags – Montag ist genau so langweilig wie Sonntag! Hab zwar heute mal eine Aufgabe und muss mein Frühstück zweiteilen … Aber besser wird`s dadurch auch nicht! Ich geh mal gucken, ob der Stoff draußen sauer ist … Ich höre etwas, in einiger Entfernung … Was ist denn hier los?? Ich muss doch mal gucken … Da ist doch Musik??? Wo kommt die denn her??? Aus dem Kurhaus 1!! Aus dem Garten … Ist das schön … Eine Schalmeien – Kapelle … Hab selber mal gespielt, das mag ich …

Und Bier gibt`s auch … Herrlich, hier bleib ich … Ich zieh mir 5 – 6 Darbietungen rein, dann ist schon Schluss!! Schade!! Aber heut Nachmittag ist noch ein „Konzert". Und heute Abend wollen die Tischmädels mich mitschleppen, in den Pfarrhof … Zum Schottenrock oder so was …

Nachmittags war ich nochmal in der Stadt! Wollte mal nach dem „Konzert" gucken, das da angekündigt war … Aber das war im Kurhaus, drinnen … Da hatte ich keinen Bock drauf … Bin dann lieber noch mal in den Super Glas- Bier – Laden gegangen. Mit der Wirtin kann man so schön labern. Die steht auch auf AC/DC!!! Die coole Sau … Wir haben herrlich gequatscht … Hab mir ein leckeres Getränk bestellt. French Toffee … Geiles

Zeug! Der ist mir ganz schön in die Birne gestiegen!! Hatte aber zum Glück noch genügend Zeit zum Laufen!! Nach einer Stunde bin ich in die „Anstalt" zurück!!! Da war der Quadratschädel wieder klar!! Ist ja auch gleich Fütterung!! Ich hab mich etwas bekleckert … Vor dem leckeren Getränk gab`s Erdbeerkuchen. Naja, zieh ich mich halt nochmal um … Wir wollen nachher ausgehen, dann bin ich eben schon mal fertig …

Nach dem Abendessen gehen die Mädels mit mir zum Pfarrhof – zum Konzert!! Ist aber nicht im Hof!!! Es regnet ab und an, das bekommt den Instrumenten nicht … In der Kirche war alles aufgebaut … Und beleuchtet … Ich bin ja mal gespannt … Ich war noch nie wirklich in einer Kirche, um da was mitzumachen. Wieder eine neue Erfahrung.

Es gibt Bier?? In der Kirche?? Cool!!!! Alles easy!!! Hier bleib ich!!! Und das hat so Spaß gemacht!!! Es ist unglaublich … Der Pfarrer war auch total cool … Der hat was erzählt, ich konnte vor Lachen gar nicht richtig zuhören. So was hab ich noch nicht erlebt!!

Die Schotten haben einen merkwürdigen Dialekt. Ich hab mich richtig angestrengt, dass ich die versteh … Die waren total lustig … Dem einen ist zweimal die Saite gerissen … Der musste sein Instrument dauernd stimmen … Hab ich gefeiert … Bei dem Lärm, den wir gemacht haben, hätte ich das nicht geschafft … Hab zur Orientierung ein Keller-A vorgegeben … Meine Stimme ist zu tief …

In der kreativen Pause durften wir im Pfarrhaus auf`s

Klo!!! Da war vielleicht mal eine Schlange!!! Gab auch nur ein Klo!!! Für alle!!! Das empfand ich ein bisschen als ekelhaft. Aber es gab Wasser und Seife … Dann müssen die Kollegen vor der Tür eben noch ein bisschen länger warten … Ist mir doch egal!! Ich bin da ein kleines bisschen empfindlich!! Hände waschen muss!! Meine sind größer!! Außerdem hab ich noch mein Bierchen … Das will ich ja noch austrinken …

Dann war noch eine knappe Stunde Musik … Ich hätte mich sicher geärgert, wenn ich nicht mitgegangen wäre … Das war total schön …

In der Zwischenzeit muss auch mein Handy geklingelt haben … Da war irgendwas drauf …

Ich hatte gar keine Zeit – ich hatte tierisch Spaß!! Mein Mann wollte sicher Bescheid sagen, dass er den Wecker gestellt hat!!!

Gegen 10 sind wir dann zurück!! Hab heute das erste Mal meinen Transponder für die Tür ausprobiert. Läuft!!

Morgen muss ich heim!! Ich hab noch nicht gepackt!! Ich will nicht … Ich will hier bleiben …

Ich mach mir noch einen Kaffee. Die Mädels gehen ins Bett!! Ich muss packen …

Ich kriege eh kein Auge zu …

***

Hab die halbe Nacht wach gelegen. Mein Gedankenkarussell war schon im Überschlag. Mir brummt der Ast!! Die Parkbank wird das Einzige sein, was ich nicht vermissen werde. Ganz sicher!!

Ich war 4 lange Wochen weg und lebe noch!!

Jetzt, als ich endlich zu schätzen gelernt hab, was hier so abgeht, muss ich zurück. Es war so schön! Mein Koffer steht seit ein paar Stunden, fertig gepackt, an der Tür! Mein Rucksack ist prall voll! Die Tasche ist noch offen. 3 Kleinteile müssen noch mit ...

Meinen Wecker gucke ich schon seit halb 4 an ... Pünktlich 5.50 Uhr kam eine SMS von meinem Mann. > Mache jetzt los! <

Also, wenn es zu Hause nicht brennt, dann muss was anderes Schlimmes anliegen ...

Ich hab ihm doch gesagt, dass ich erst ab um 8 abholbereit bin!!! Ich will noch mit den Mädels frühstücken!! Ich muss mich noch von allen verabschieden ... Ich wollte mich noch bedanken!! Die waren alle so gut zu mir. Da hat auch keiner gemeckert, weil ich manchmal anstrengend bin ...

7.00 Uhr – an meiner Tür ist Bewegung!! Es hat gerade geklinkt ...

Ja – da war er schon ...

„Vergiss es!!! Jetzt nicht!!! Ich hatte noch keinen Kaffee!!! Hunger macht böse!!! Keiner weiß das besser als du!!!"

Er hat dann schon mal meinen Kleiderschrank und das

Büro zum Auto gebracht …

Warum sollte ich mich beeilen!!! Ich ahne, was mich zu Hause erwartet!!! In meinem Hirn baut sich ein Gewitter von bunten Bildern auf, das macht mir richtig Angst!!!

Nein – ich will nicht …

***

Heute ist es wieder genau so neblig wie vor 4 Wochen, als ich her gekommen bin. Sogar das Sonnenspiel ist das Gleiche … Mit dem Unterschied, dass wir dieses Mal die Gegenrichtung nehmen. Wir haben auch wieder eine ziemlich „entspannte" Fahrt (bei seinem Fahrstil)!!

Er hat noch Zeit meinen Kram hoch zu schleppen. Dann muss er aber zur Arbeit.

Oben hat mich fast der Schlag getroffen!! Hab es bis in die Küche geschafft!! Was liegt denn da alles rum??? Neee!!! Nicht drüber nachdenken!!! Augen zu!!! Ich geh ins Wohnzimmer.

Die Dickmiez hat sich erschrocken und stürzt davon. Hat der mich schon vergessen??

Da steht der Wäschetrockner, voll zerknitterte Wäsche … Ich mach erst mal die Waschmaschine an!!! Der Anblick tut meinen Augen weh … Wieso liegen denn hier so viele Klamotten rum?? Wir haben doch Schränke … Oh mein Gott!! Was ist denn da drin??? Im Kinderzimmer sind die Oberteile von meinem Mann und eine merkwürdige Rolle! Bei mir im Schrank liegt die Unterwäsche vom Kurzen ... Jetzt muss ich erst mal ausräumen ... Was ist denn das alles??? (Aber wenigstens liegt keine Wurst drin ...)

Ich hab einen Haufen Papierkram aus der Reha mitbekommen. Das muss ich noch sortieren!

Ein paar Zettel muss ich beim Doc abgeben. Da kann ich gleich hin fahren! Waschmaschine dauert ja noch!!!

Freu!!! Ich hab mein Auto wieder!!! Muss zwar alles wieder auf meine Länge einstellen, aber es ist nicht kaputt und 5 Liter Sprit sind auch noch drin. Läuft!!

Beim Doc muss ich nicht wirklich warten. Bin in der Praxis von Marko, dem Bruder von meinem Doc. Ob mein Doc montags noch da ist, weiß ich nicht. Der hatte nach Ostern Geburtstag! Ist jetzt schon 70!! Ich war lange nicht da und trau mich auch nicht zu fragen ...

Vielleicht geh ich ja Montag einfach mal gucken!! Obwohl?? Nee!! Ich muss schon hin ... Mich hat was gestochen!! Am Auge!! Das fühlt sich sehr merkwürdig an!!

Die Mädels haben mir eine SMS geschickt.

Ich will wieder zurück!!!

Aber jetzt ist es gleich um eins. Ich will den Kurzen von der Schule abholen. Hab vorhin schon mit Frau Hummel geschrieben!!

Ich hab das doch auch irgendwie alles ein bisschen vermisst ...

Wir hatten große Wiedersehens – Freude!!! Und jede

Menge Hausaufgaben!!! Hab ich das vermisst??? Natür-lich!!!

Morgen hab ich dann schon Termin bei unserer Betriebs-ärztin. Die erschreckt mich auch nicht mit dem weißen Mantel! Im Betrieb ist Doc viel entspannter als draußen.
In Gedanken bin ich schon bei der Arbeit. War so lange weg. Neulich hab ich mit Frau Quiese telefoniert. Ich glau-be, die freut sich auch, dass das nun bald mal los geht!!
Nur die Sache mit dem Reha – Sport funktioniert nicht. Nee!!! Arbeiten UND bewegen – AUS !!! Nicht mit mir!!!
Das mach ich dann lieber wieder beim Trainer in der Kleinstadt … Hab dort Freitag meinen Termin in der Praxis!!
Nee!!! Bei „meinem" Trainer bin ich nicht!! Hier gibt`s extra einen „Sportverein" für solche Sachen … Wenn ich das gewusst hätte … Egal – ist ja nur einmal die Wo-che – ein halbes Jahr lang!!!!! Das schaffe ich auch noch!!! Der Trainer ist ein Doktor!? Ganz toll!! Woran erinnert mich das denn gleich noch mal??

***

War heute früh bei meinem Doc. Hab im Warteraum seine Stimme gehört. Der hat eine sehr musikalische Stimme. Das gefällt mir. Ich bin so froh, ihn zu sehen!! Der hat mich doch noch nicht verlassen!!
Wir haben kurz geredet, dann hat er sich mein Auge

angeguckt, bzw. das was übrig war!!

Seit Donnerstag ist das jeden Tag ein bisschen mehr zugeschwollen. Ich komm mir schon vor wie Quasimodo!! Sonntag war noch ein „Seh – Schlitz" da. Heute ist die Glotze aber schon wieder relativ groß. Sehr nervig!! Und jetzt guckt der schon wieder so komisch!!! „Das ist kein Insektenstich! Das sieht aus wie eine Rose!!" Super!! Der Hände – Wasch – Freak hat sich was eingefangen!!! Ekelhaft!!! Mich schüttelt`s schon wieder!!!

Er kramt aus dem Bücherregal einen dicken Wälzer raus. Steht auf und nimmt sich noch ein Buch!! Na da hat sie ja wieder was Feines an der Backe, denke ich mir!!! Mein kleines Hirn ist dann mal weg!!

„Du gehst damit besser mal zur Augenärztin! Warst du schon mal da?" „Ja! Doch! Mit dem Kurzen! Liegt aber auch schon mindestens 10 Jahre zurück!!" Na dann „Die soll sich das mal ansehen! Wir wollen doch nicht, dass da was zurück bleibt! (???)

Die Augenärztin ist auch begeistert. Die ist sehr freundlich. Sie guckt nach dem „Kram"! Füllt einen gelben Zettel und ein Rezept aus. Am Freitag hab ich noch mal einen Termin! Zur Kontrolle!!

Ich bin dafür, Montage aus dem Kalender zu streichen!! Sind eh nur Scheiß – Tage!!

Ich hab es so unglaublich satt!! Aber, nützt ja alles nichts!! Dann fang ich eben erst nächsten Montag an mit Wiedereingliederung!! Jetzt muss ich noch schnell rings rum telefonieren!! Das ist mir so peinlich!!!

Hatte ein Gespräch mit meinem Meister! Gürtelrose?? Der hat sich auch gleich gefreut! „Aber was soll`s!" spricht er „Auf die Woche kommt`s ja nun auch nicht mehr an!"

Recht hat er!! Kann nur besser werden!!

Jetzt mach ich erst mal das Ekelding vom Kopf, bevor ich noch jemanden damit infiziere!!!!

Schön!!! Herpespillen und komische Salbe!! Ganz toll!! Rosi mag es eingecremt zu werden.

Die krabbelt mich dann im Auge … Ich hoffe, dass es am Freitag endlich besser ist …

Ich hab doch da einen Plan!!!

Hab im Netz geguckt, wo ich das Teil her haben könnte!! Windpockenerreger!! Widerlich!! Ich hatte Stress??? Nanu??? Ist mir gar nicht aufgefallen!!! Da steht, das kann 2 – 4 Wochen dauern!! Ich hab doch jetzt für solchen Käse überhaupt keine Zeit!!! Rosi – verschwinde!!! Geh weg von mir!!!

Hab wieder mit den Reha – Mädels geschrieben!! Für die Guten ist es nun auch vorbei. Hab sie gleich gewarnt, nicht so genau hinzugucken, wenn sie heim kommen. Nicht, dass die sich auch eine Augenrosi zulegen. Ich hab es quasi kommen sehen!!

***

Heute war mein 1.Termin für den Reha – Sport. Hab erst gefragt, ob ich mit „Rosi" trotzdem anfangen darf!! „Klar! Warum denn nicht??" Na dann!!!

Das ist auch wieder so ein Käse!! Mit der Mutti Ball spielen!! Wir waren zu neunt. Der Trainer hat mit dem Vattti gespielt, dass der nicht alleine ist!!! Warum guckt der mich eigentlich so komisch an?? Ich hab ihm doch nichts getan?? Oder hat ihm niemand gesagt, dass es einen Neuzugang gibt?? Hoffentlich machen wir da auch mal was für die Schulter!! Aber wenigstens war die Musik erträglich!! Wir haben uns eine dreiviertel Stunde auf der Matte rum gewälzt!! Das nächste Mal bringe ich mir einen Flaschenzug mit!!! (Kam kaum wieder hoch!!!)

Die Woche verging wie im Flug! Telefonieren, Termine abstimmen, Hausaufgaben ...

Heute hab ich meinen Rosi-Kontroll-Termin. Es ist schon fast um eins, als ich bei der Ärztin dran war!! Die Gute hat aber auch immer die Hütte voll. Freitags Überstunden zu machen scheint da fast normal zu sein.

Ich hatte nicht den Eindruck, dass sie sauer war. Sie hat ihren Job echt ruhig und konzentriert gemacht. Sie hat geschaut und mir für Montag grünes Licht gegeben.

Gott sei Dank!!! Endlich!!!

Die Schwester hat bei mir, während ich gewartet habe, einen Augentest gemacht. Mir ins Auge „geschossen" – hab ich mich vielleicht mal erschrocken!!

Aber, bevor ich mir noch irgendwas „aufsacke", lass ich

lieber kontrollieren!!

Grüner Star!! Das würde gerade noch fehlen!!!

Erst ist sie flügellahm, dann ist sie auch noch blind …

Jetzt sag ich noch schnell im Betrieb Bescheid, dass ich endlich loslegen darf, dann geh ich ins Bett!!! Bevor wieder was passiert …

Nächste Woche muss ich einen neuen Plan machen. Nun geht es ja verspätet los. Aber egal.

Ich freu mich so auf meine Kollegen. Bin total gespannt, was es alles Neues gibt. Ich war so unglaublich lange nicht da.

Ich bin bereit!!!

* * *

Mein 1. Arbeitstag nach einem Jahr und 8 Tagen

Ich konnte vor Aufregung kaum schlafen. Mein Wecker hatte nicht viel zu tun. Ich bin putzmunter. Ein kleines Frühstück, die Witzeseite und ein Käffchen. Ibus nehm ich seit einer Weile nicht mehr. Mein Rucksack war letzte Woche schon fertig. Ich mach dann mal los.

Meine Fahrt ist ziemlich entspannt. Kein Stau, keine rote Ampel. Ich bin relativ früh da.

Hab auf dem Parkplatz schon die ersten Kollegen aus unserem Bereich getroffen und bisschen gequatscht. „Meine Leute" freuen sich, glaub ich, auch.

Mein Meister ist voll cool. Er lässt mir relativ freie Hand. Ich darf entscheiden, wo ich anfangen will. Aber den Papierkram, hat er mir nahe gelegt, sollte ich doch

gleich machen. Lesen, verarbeiten, unterschreiben …
Alles wie immer …

Angefangen hab ich am Tank! Dort kann ich fast alles
auf einmal ausprobieren.
Er hat zwar gleich die Hände über`m Kopf zusammen
geschlagen!! Aber ich bin ja nicht alleine. Unser Matzl
passt schon auf. Das war so schön.
Und es geht so unglaublich schnell!! Ich bin langsam
geworden!! Total entschleunigt.
Bis das alles wieder sitzt wird dauern.
Viele neue Gesichter sind da. Die Aufgaben sind ver-
teilt, nichts ist mehr so wie vor einem Jahr.
Die Schichtgruppen wurden neu aufgeteilt. Das muss
mein Hirn erst mal raffen.
Nach den ersten 3 Stunden bin ich fast kochgar!! Völlig
fertig!! Mein Organismus muss sich jetzt wieder auf
Arbeitsmodus einstellen. Kein Problem!!!
Die Klamotten passen noch, die Schuhe auch. Mein
Platz ist noch da … Der Rest findet sich!!
Ich hab ja noch Einarbeitungszeit. Das krieg ich gere-
gelt …
Renato ist heute da. Der hat immer noch mit seiner
Schulter zu kämpfen. Da bin ich ja mal gespannt, wie
lange es bei mir noch dauern wird.
Beim Betriebsarzt war ich auch, hatte einen Termin. Er
meinte (schmunzelnd): „Das werden Sie auch noch eine
ganze Weile spüren!"
Super!!!

Ich hab doch für diesen Käse keine Zeit!!!

Sagt er zu mir: „Wenn die Verordnung zum Reha-Sport abgearbeitet ist, kommen Sie zu mir! Dann gebe ich Ihnen eine Neue!!" Bei Katharina gibt`s auch Reha-Sport!! 2mal die Woche!!

Aber so viel Bewegung kann doch nicht gesund sein? Jetzt bin ich echt am Überlegen, ob ich nicht besser dem Verein zu Hause betreten sollte!! Da kann ich es vielleicht bequemer aufteilen!! Ich hab doch noch mehr zu tun!!

✳ ✳ ✳

Hab meine erste Arbeitswoche hinter mir. War doch ziemlich anstrengend!! Mein rechter Arm scheint ein bisschen „sauer" zu sein!! Den merk ich, bis in die Hand!! Aber vielleicht liegt`s ja auch nur daran, dass ich völlig aus der Übung bin!!

Hab die ersten Takte ausprobiert, sind machbar!! Bei 3 Stunden will ich es aber noch nicht wirklich beurteilen!! Nächste Woche hab ich 5 Stunden! Dann wird es, glaub ich, etwas konkreter!!

Allerdings hab ich dann auch die „Stopfentakte" vor mir!! Ein bisschen gruselig ist mir da schon!!

Aber, was soll`s! Die Olle kämpft sich wieder rein!! Was geht macht sie! Für den Rest wird sie eine Strategie entwickeln!! Hab ja bei den Trainern und in der Reha ein paar Dinge gelernt. Das kann ich dann versuchen umzusetzen!! Geht nicht gibt`s nicht!! Dann geht`s eben anders!!

Hab inzwischen auch wieder Kontakt zum Kinderheim aufgenommen! Ich hoffe, dass wir wieder ein Sommerfest ausrichten dürfen! Mit den E-Mails dauert`s ein bisschen. Die Mädels sind immer im Einsatz bei den Kindern. Aber egal. Ich versuche dann mal mein Glück am Telefon. Ich hab mich dort eine ganze Weile nicht mehr gemeldet … Der Kontakt muss aber bleiben …

Ich freu mich schon auf unsere nächste Begegnung. Mal sehen, ob der kleine Diego noch da ist. Der hat bestimmt wieder eine lustige Frage auf Lager.

Unser Ron hat mich schon angesprochen, ob ich mich wieder kümmern würde …

Natürlich doch!! Das ist mir eine Ehre!! Für die Kinder mache ich das unheimlich gerne!!!

Die sind ja nicht freiwillig dort!! Die sind auch alle total putzig und haben richtig gute Manieren …

***

Montags jede Woche ist Reha – Sport.

Dieses Mal hab ich mir die „Kollegen" angesehen, mit denen ich mich bewegen muss. Ist ganz ok!! Die sehen noch relativ fit aus und schmunzeln auch ein bisschen. Dann wird es vielleicht doch nicht ganz so schlimm, wie ich geglaubt hab.

Eine von den Frauen meinte: „Oh, eine Neue!" Musste

erst mal gucken. Aber die meinte mich …

Hab die Gelegenheit gleich genutzt und mich kurz vorgestellt … Wenn die wüssten, was da jetzt auf sie zukommt … Lasst mich erst mal warm werden mit euch … Mich hat schon mein Sportlehrer in der Schule gehasst … (Du bist wie der Frosch auf der Gießkanne!! Halte doch mal die Spannung!! Rücken gerade!! # Den hatte ich auch noch während der Lehre!)

Heute hat jeder von uns einen Ball bekommen. Die Matten haben nicht für alle gereicht … „Dann holen wir eben nebenan noch ein paar …"

Die Bude war ganz schön voll!!

Hab dieses Mal sogar geschwitzt beim Bewegen … Eeekelhaft … Das kann ich gar nicht leiden … Der Trainer hat sich neben mir aufgebaut, mich bisschen böse angeguckt und „angeschissen" – so im Generals – Ton!! Wirklich beeindruckt hat er mich nicht, aber die Kollegen sind leicht zusammengefahren!

Also, entweder wollte der mich erschrecken, oder der kann mich nicht leiden???

Pffffh – Ist mir doch wurscht!!! Ich MUSS das machen!!! Hat der Doc gesagt!! Was der Doc sagt ist Gesetz!! Da muss er eben mal stark sein!!! Das faulste Stück unter der Sonne bewegt sich schließlich auch …

Bis der weiß wie ich ticke, muss ich mir bestimmt noch oft auf die Zunge beißen!!! Keine Ahnung, ob der Spaß versteht!! Ich mag Sport überhaupt nicht! Und der hat damit seinen Doktor gemacht …

Der wirkt auf mich, wie der Geiger in Bad Schmiede-

berg … Der hatte immer einen Blick drauf … Total verkrampft … Da hatte man (ich) schon kaum Bock auf die
Verrenkerei, weil die Knochen klingeln und dann wird
man auch noch böse angeguckt … Der hat aber auch
nicht gemeckert, wenn ich mal einen „blöden Kommen-
tar" abgegeben hab … Gelegenheiten gab es immer.
Den Typen hat mein Hirn nicht verstanden … Meister
Meißel war dagegen ein richtiger Spaßvogel. Den aus
der Reserve zu locken war einfach. Aber, der kam auch
mit Verstärkung. Der hat sich einen Lehrling mitgebracht. Bei Meister Meißel hatten wir Rückenschule.
Der hatte voll die lustigen Sitzgelegenheiten in der Hütte. Ich hab mir einen Super-Wackel-Stuhl ausgesucht.
War fantastisch nervig … Auf dem Teil kamen mir auch
immer sofort die dümmsten Ideen.

* * *

Hab mich heute beim Sport total verausgabt! Wir sind
mit dem Ball durch die Bude gerollt. Wir waren 7 Leute
und der Trainer. Der hat mich fast die ganze Zeit beo-
bachtet! Das war mir sehr peinlich!! Fragt der mich
echt, ob ich mich zu Hause bewege!!! Da fallen mir
spontan ganz viele Dinge ein … Sport ist aber nicht dabei! – Nicht eine Faser!!
Obwohl … Ein bisschen stutzig macht mich das jetzt
schon!! So etwas hab ich schon ein paar Mal gehört!!
Das erste Mal Anfang der 90er Jahre! Ich musste zum

Kohle – Betriebsarzt. Routineuntersuchung. Ich musste, um unseren Tagebau rings rum – 10 Kilometer, mit dem Fahrrad bis dahin!! War völlig fertig! Der hat mich ein paar Mal um die Pritsche gejagt und eine Minute später der Puls gecheckt. „Machen Sie Leistungssport?" Hab ich gefeiert, bei der Frage … (Heike, der kennt dich nicht! Halt die Gusche!!) Keule hat mein Fahrrad mal gesehen und direkt gejubelt. War quasi ein Sofa mit Rädern, schön bequem!! Jetzt hab ich ein Neues!! Noch bequemer!!

Das letzte Mal kam die Frage von einem Therapeuten bei der Reha … Aber der hat nicht verstanden, warum ich so eine tiefe Stimme hab …(glaub ich)! Antwort: „Nee, die Stimme kommt vielleicht vom Saufen … Ich kann am besten sitzen und liegen …" Und jetzt fragt der Trainer?? Was meinen die denn? Muss ich ein Weichei sein, oder was?? Klar bin ich fit – wie Lappen!!

Fragt der mich, ob ich Kinder hab!! Ich wäre ein gutes Beispiel für sie!!

Ich fahr sogar die 500 Meter bis zum Bäcker mit dem Auto!! Der hat wirklich keine Ahnung, wie ich ticke … Bin ja mal gespannt, was da noch kommt!!!

Fahr jetzt zur ersten Spätschicht – 5 Stunden – Ich bin noch total fertig!!

Mein Meister hat mich abgeholt. Wir haben ein Date mit Frau Quiese. Die Betriebsärztin und ein Betriebsrat sind auch dabei. – Ich will doch nur meinen Job wieder machen!!! – Jetzt wird mir das schon wieder peinlich!! „Die Heike beißt sich da rein!" Mein Meister ist, glaub ich, genau so zuversichtlich wie ich. Unsere Betriebsärztin guckt wie mein Doc zu Hause …: „Aber ihr passt bitte auf!!! … Wenn etwas ist, bitte sofort anzeigen …" (Da grinst der Übermut!)

Hab in jeder Faser Muskelmiez! Die Nacht war quasi relativ bescheiden. Meine Schulter und mein Nacken machen mir zu schaffen!! 5 Stunden sind aber auch lange!!!

Wir haben einen neuen Takt, den hab ich heute ausprobiert. Ich bin so langsam geworden …

Ich war noch nie schnell!! Jetzt merk ich direkt, dass ich entschleunigt bin!!!

Keule ist da! Der hatte letzte Woche noch Rücken!! Hatte kurz Zeit mit ihm zu labern. Der ist froh, dass sich endlich wieder wer um die Kaffeekasse kümmert. Da sind noch einige Rechnungen offen!!!

Hab die erste Spende für`s Sommerfest bei den Kindern schon bekommen!! Ist zwar noch nichts wirklich vorbereitet, aber eine Sparbüchse und eine Karte sind schnell bereitgestellt … Ist ja für die Kinder … Das besorg ich fix!! Dann geht das hier mal los!!

Bei uns hat sich wirklich alles verändert!! Zum Teil sind es nur Kleinigkeiten! Das muss man aber erst mal verinnerlichen!! Radhaus hat sie probiert! Ist machbar!! Schweller links, mein Takt „Gute Stube" hat sich auch verändert. Wir haben da einen neuen Schrauber!! Ich hab fast die ganze Zeit die Arme oben!! Ich hab doch noch Muskelmiez vom Sport!!! Grundübel, aber machbar!!

Mir reichen die 5 Stunden wirklich total aus!!

Die Nacht war wieder ziemlich bescheiden! Es war recht windig. Ich bin öfter aufgewacht. Aber, ob es an den Geräuschen (durch die offenen Fenster) lag, oder doch die Schmerzen sind, vom „Arbeiten", will ich nicht beurteilen.

Früh hab ich in Schmerzgel gebadet. Das war gut. Mir tun sogar die Hände weh ... Das kenne ich nicht von mir!!! Ich bin wirklich nichts mehr gewohnt!!!

Heute hat sie den Rechten Schweller in Angriff genommen. Den hab ich schon vor einem Jahr gehasst!!!! Da ist auch ein neuer Schrauber! Hab mir auch wieder direkt den Arm verdreht!!!! Rechts isse raus!!! Der Schmerz zieht bis in den Ellbogen!! Das ist der Hass!!!! Absolut!!!

Aber ein paar Takte sind ja noch da! An der Waschdüse ist nur ein neuer Halter. Da war sie recht entspannt. Unser Newman hat mir auch alles ganz gut erklärt ... Ich glaube, ich bin nicht nur langsam, ich hab das komplette Reset ... An den Massebändern ist's ok. Die Reling und die Tüllen probiert sie später aus ...

Alles ist verändert!!!! Das muss ich mir zügig ins Hirn pressen und wieder können ... Ich war doch der Springer ... Ich will das doch ...

***

Feiertage sind fürchterlich!! Gestern war Himmelfahrt. Ich musste zu Hause bleiben! So ein Mist.

In meiner Spätschicht wollte ich noch so viel ausprobieren!! Aber was soll`s! Freitag darf sie ja wieder!

Nee, darf sie nicht!! Die Schicht fällt aus! Im Eingangs-
bereich steht die Führungsriege und schickt alle heim!
Das ärgert mich unglaublich!! Jetzt fehlen mir 2 Tage
mit 5 Stunden zur Eingewöhnung!
Das hol ich nie auf!! Ich war so lange raus!!
Dann kümmert sie sich eben zu Hause um die Ordnung
im Papier!! Hab unsere Steuererklärung fertig gemacht –
muss ja auch sein!! Wenigstens das!!! Ich hasse den Papierkram!! Für jeden Scheiß musst du in einem anderen
Ordner nach irgendwelche Daten suchen …
Dann wird sie versuchen das Wochenende zu genießen
und macht Montag wieder los.
Wir sitzen abends relativ entspannt auf dem Sofa rum.
Geht mein Handy los!! Was ist denn nun schon wieder?
Oh!! Mein Meister!! „Hallo Heike!! Du warst heute Mittag im Werk?" fragt er mich! „Natürlich!! Wir haben
doch Spätschicht!! Eigentlich!!" „Hast du auch richtig
zugehört, dass es eventuell anders kommen könnte?"
„Nee, das hab ich nicht gehört!!" „Ok, dann sag ich dir
jetzt mal Bescheid!! Du brauchst Montag nicht zur
Frühschicht antreten!! Da ist keiner da!! Die Schicht
fällt auch aus!!"
Was ist denn hier nur los?? Die Mutti ist mal paar Tage
nicht da, da geht`s gleich drunter und drüber!!
Dann werd ich am Montag eben wieder zum Sport gehen! Ich hab mich schon gefreut und darauf eingestellt,
dass ich Frühschicht hab und keine Zeit zum Verren-

ken!! Nun muss sie doch!! Verdammt!!

***

Montage gehören aus dem Kalender verbannt!! Ich werde mal bei Putin anrufen! Der kriegt das hin ... Sommerzeit gibt`s dort ja auch nicht mehr ...
War heute wieder zum Sport. Das war so übel warm! Wir hatten früh schon 26 Grad im Schatten! Dr. Sport ist im Urlaub. Naomi macht die Vertretung!!
Heute haben wir Schlager auf die Ohren gekriegt. Ich geh kaputt!! Das ist absolut nicht meine Richtung!! Die alten Leute kommen mit dem Rhythmus nicht klar und steuern unkontrolliert durch den Raum. Komisch bewegen musste ich mich auch noch. Ich fühle mich leicht gereizt!!
Hoffentlich geht das halbe Jahr schnell rum!!
ICH HAB STRESS!!!
Hab einen Feedback-Bogen bekommen. Da kann ich mal meckern.
Hab zwar gar keinen Grund, aber ein Waschbecken in der Umkleide wär trotzdem schön. Ich will mir doch die Hände waschen!! Wer weiß, wer die Reifen, die wir heute hatten, vor uns angefasst hat. Wenigstens hatte ich aber einen Parkplatz im Schatten. Der Planet drückt ganz schön. Sommeranfang dauert noch ein bisschen. Mir wird jetzt schon gruselig.
Mein Meister hat angerufen. Morgen früh geht`s wie-

der los. Dann hab ich 7 Stunden. Bei dem Gedanken fang ich direkt an zu schwitzen. Tülle und Reling sind noch offen. Danach muss ich „unsere Takte" im Einlauf testen. Ist schon alles bisschen schwierig. Aber mein Plan steht!!

Meine Schulter und mein Arm hatten Zeit, sich auszuruhen. War ein schönes langes Wochenende.

***

Die Nacht war tropisch! Furchtbar! Man trieft vom „nur Liegen"!!! Hab so gut wie nicht geschlafen!! Ist auch kein Wunder. Hab ja schon seit Donnerstag frei!! Bin quasi nicht ausgelastet!!

Auf mich warten 7 Stunden in der Halle. Freu mich schon seit gestern. Frühstückchen, Witzeseite, Rucksack und los.

Hab unterwegs einen „alten" Kollegen getroffen. Wir sind zusammen rein gegangen. Wir haben uns lange nicht gesehen. Er hat die Abteilung gewechselt.

Der heiratet bald ... Jetzt wird der auch noch erwachsen ...

Unterwegs hat er mir von seinem Junggesellen-Abschied erzählt. Seine Kumpels haben ihn zum Knacki gemacht und nach Wild-West gebracht. Herrlich. Mein Kopfkino spult schon wieder jede Szene mit. Hab auf dem ganzen Weg gefeiert. Zum Polterabend werde ich ihn besuchen und mir den Film „richtig" ansehen.

Bin dann direkt mit Elan an die letzten 2 Takte ran. Muss zwar noch üben, für die Routine. Ist aber machbar. Bei „den Kabeln zurück schieben" hab ich mir wieder leicht den Arm verdreht! Den Rechten Schweller wird sie also erst morgen früh testen … Aber ich geb das noch nicht auf!!

Den Prüf-Takt hat sie auch noch vor sich. Hoffentlich hab ich nicht zu viel vergessen. Ich kann es nicht leiden „Fehler" nicht zu sehen! Könnte ja mein nächstes Auto sein!!!

Guck mir auch immer mal im Einlauf an, ob noch alles am „alten Platz" steht. Heut hab ich bisschen mit Schorsch gelabert. Der merkt seine Schulter auch immer noch! Na toll!! Das sind Aussichten!!

Es hat gewittert wie verrückt! Da kam heut Nachmittag eine Wand!!!! Die war nicht schwarz, die war lila!! Genauso hat es dann auch geknallt und geträcht!!! Der Kurze hat sich am Stubenfenster die Nase platt gedrückt: „Mutti, Mutti!! Hier ist das Fensterbrett nass!!!" Ruf ich: „Junge, Junge!!! Da liegen Handtücher!!! Damit kannst du dich abtrocknen!!!" Die sollte er eigentlich in die Fensterbretter legen, dass die Brühe nicht runter tropft! Man, oh man!! Da musste ich vielleicht flitzen!!! Wir haben 2 große Fenster auf der Wetterseite! Aber Zeit, mal raus zu gucken hatte ich nicht.

Der Kurze hat mir erzählt, wie es die Bäume hinter`m Haus umgewippt hat. Die Feuerwehr war auch da. Ich glaube, dass der Strom weg und der Fernseher aus waren, hat er noch gar nicht mitgeschnitten. Der war so beschäftigt!! Die Dickmiez hat sich unter`m Schreibtisch versteckt, dass wir ihm nicht auf dem Schwanz rumlatschen!! War super aufregend bei uns!! Zum Abendbrot gab es dann lecker Schnittchen – für Tomatensauce brauch ich Strömlinge!! Ich wollte Spaghetti machen! Dumm gelaufen!! Aber wenigstens konnte sie später gut schlafen!!

Hab den rechten Schweller jetzt abgehakt! Ich verdreh mir den Arm! Das klingelt bis in die Fingerspitzen! Und wenn Keule neben mir steht und motzt, dann geht gar nicht`s mehr. Spricht der: „Stell dich doch nicht immer so an!!" Der Blödmann!! „Mit der hässlichen Brille seh ich vielleicht mal nichts!!" Den Prüf-Takt hat sie probiert. Ist machbar. Unser „Auge" hat sich gefreut, dass ich bei ihm aufgefrischt hab. Der steuert die ganze Schicht alleine um die Karossen und prüft, ob alles dran ist!! Zeit, mal weg zu gucken, ist da vorn nicht. Da hast du ganz schön Verantwortung! Bei uns auf der Seite bin ich durch, morgen geh ich in den Einlauf.

✳ ✳ ✳

Heute geht es in den Einlauf. Hab erst mal abgecheckt, wer auf welchem Takt steht. Ich trau den neuen Leuten nicht unbedingt. Die kenne ich nicht!!

Mona ist auf der Antenne! Das machen wir zurzeit aber nicht mehr. Hab mich bei Cora angestellt. Das ist auch eine Perle. Wir können immer super labern. Das passt!!

Wir machen zusammen am Leitungspaket. Hab geschwitzt, wie ein Tier. Ich hab wirklich alles vergessen!!

Ich bin echt froh, dass Cora mich kennt und sehr geduldig ist. Die versteht auch Spaß. Da macht es uns (mir) gleich noch mehr Freude …

Wir haben gerade die erste Stunde hinter uns, als unser Vorarbeiter hinter mir steht. Notfall!!

Unsere Kleine ist ausgefallen – krank!! Die hatte früh schon Kopfschmerzen.

Ich bin da – natürlich springe ich erst mal ein!! Stopfenkontrolle hab ich noch nicht ausprobiert! Ist gleich eine gute Übung. Jetzt dürft ihr mich auch Helmut nennen!!

Dort bin ich gerade mal zwei Stunden, als der Meister mich rufen lässt.

Ich hab einen Termin bei Frau Quiese? Uups!! Ich beeil mich! Ist doch klar.

Die Betriebsärztin und ein Betriebsrat sind auch da. Feedback!! Wir haben die Wiedereingliederung als „erfolgreich" eingestuft. Zum Monatsende gibt`s nochmal einen Termin! Dann muss es in „Sack und Tüten"!!

Mittags bin ich wieder bei Cora. Wir machen den Tunnel – hinten. RESET!!! Ich kann mich kaum erinnern, wie es vor einem Jahr war!! Aber Cora ist eine Perle und gibt mir die richtigen Impulse … Läuft!! Dort hat es nicht halb so lange gedauert, wie früh!! Sitzt!!

Um eins hab ich Feierabend. Nun freu ich mich auf morgen und fahre erstmal heim. Hab noch ein paar Wasserschäden zu beseitigen!!

In unseren Schränken gibt es keine trockenen Handtü-

cher mehr. Ich wasche und räume die bösen Erinnerun-
gen von gestern weg. Jetzt wird alles wieder gut!!!
Hausaufgaben sind auch noch da. Schade, dass der
Kurze kaum einen Strich von alleine macht ... Aber zur
„Belohnung" gibt`s heute Nudeln mit Tomatensauce!
Heute sind die Strömlinge wieder da ... Läuft ...
Freitag bin ich wieder im Einlauf. Cora hat heute einen
freien Tag. Schade!!
Ich geh dann zum ersten Teil vom Tunnel. Bex steht
dort. Der ist auch sehr geduldig und lieb. Der hat mich
auch direkt wieder, richtig gut, in die Spur gebracht.
Geht doch!!! Aber, ich bin verdammt langsam!! Nach
einer halben Stunde bin ich total am Schwitzen ...
Mittags geh ich wieder zum Leitungspaket. Dort steht
ein Kollege, der bei „Ausfällen" hilft. Den kenn ich noch.
Zuverlässiger Kamerad. Hier hat sich doch inzwischen
auch einiges verändert ... Bloß gut, dass ich gleich Wochenende hab ... Ich bin total alle ...

*** ***

1.Wochenende im Juni
Bei uns ist wieder Dorffest. War am Montag schon mal
im Vereinshaus. Wir hatten da ein paar Sachen vorzu-
bereiten ...
Heute muss ich mich aber erst um unseren Haushalt
kümmern. Das Wetter ist grandios. Nicht zu glauben,
dass es vorgestern so geknallt hat!! Hab auch einiges

geschafft.

Samstag geh ich mit meiner Familie los. Wir lieben dieses kleine Spektakel. Lustige Leute, Musik, bisschen Show, gutes Essen ... Was will man mehr?

Heute sieht`s schon wieder nach Gewitter aus. Aber wirklich Sorgen mach ich mir nicht!! Das kommt aus einer anderen Richtung! Hab für den Notfall eine Jacke im Rucksack ...

Bin mit Martina zum Eintritt kassieren eingeteilt. Das kriegen wir hin. Wir können ganz gut zusammen ... Die ist auch lustig. Manchmal glaub ich, ich bin nur zum Glück auf der Welt!!

Wir sitzen eine halbe Stunde, dann brach es – aber sowas von – über uns herein ... Man konnte vielleicht noch 50 Meter weit sehen ... Und das hat geknallt ... Bloß gut, dass wir den großen Schirm hatten. Ein paar Mutige sind auch eingeflogen. War quasi nicht ganz umsonst!! Junggesellenabschied ... 11 Jungs ... Aus dem Nachbardorf ... Die arme Socke, der da von seinen Kumpels verheizt wurde ... Der musste aussteigen und hinter laufen!!! Es hat wie aus Eimern geschüttet!! Herrlich!! Der hatte ein tolles Kostüm an. Hat sich quasi schon vor der Hochzeit zum Kasper gemacht ... Den Spaß im Zelt haben wir bis an die Kirche vor gehört.

Wir waren bis halb neun da, dann kam die Ablösung. Ich liebe es, wenn ich mir um Essen keine Gedanken machen muss!! Jeder bekommt, worauf er Lust hat ... Der Kurze isst eh immer das Gleiche. Beim Fest ist man da schnell fertig.

Dieses Jahr hat sich der Kurze an die Schießbude getraut! Kaum zu glauben, wie gut der trifft. Hab nur einmal kurz gezeigt, was er zum Zielen anvisieren muss
und dann, aber ein Treffer nach dem anderen … „Nicht
auf den Typen gucken, der die Regale füllt … Alles andere darfst du …" Da war er mächtig stolz!! Ich hab später
mit ein paar Leuten die Tanzfläche belagert. Schade,
dieses Jahr war der Bullie mit seiner Frau nicht da. Aber
wir hatten auch einen anderen DJ!
Abends gab es eine LED-Licht-Show. Das war wie Space
auf der Dorfwiese … Sowas hatten wir bis jetzt noch
nicht. Wegen der Störche durften wir kein Feuerwerk
zünden. Guter Ersatz!! Jetzt ist mir auch klar, warum
Städter so am Kiffen sind. Dann sieht man das öfter …
Montag war Rohrbruch im Dorf. Ist das verrückt!! Ohne
Frost!! Einfach so!!
Bloß gut, dass wir nicht bis zum Mittag geschlafen haben. Kaffee war gerettet!!
Aber der Stress nach dem Frühstück … Wie soll ich
denn jetzt kochen? Trockenwäsche funktioniert auch
nicht … Im Garten haben wir zum Glück Kanister. Wenigstens war dort noch Wasser da … Hat bis abends um
sechs gedauert … Das Loch in der Straße ist noch offen
und umzäunt!! Bin mal gespannt, wie lange es braucht,
das zu zumachen!!

***

Meine offizielle Wiedereingliederung ist rum. Erfolgreich!! Jetzt beginnt der Ernst.

Ich gehe jeden Tag zu einem Kollegen, dem ich zutraue, dass er mir die Impulse setzt, die ich brauch! Läuft auch ganz gut. Hab jede Menge echt gute Leute um mich herum. Hab auch das Gefühl, dass meine Kollegen sich freuen, wenn ich dazu komme. Zumindest haben wir jede Menge Spaß. Es ist so schön, wieder da zu sein. Ich hab es so vermisst ... Eine volle Schicht geht allerdings ganz schön an die Substanz. Ich bin echt nichts mehr gewohnt!! Völlig fertig ...

Bin soweit mit allen Takten durch. Nun muss die Routine her!! Ich war der Springer!

Zeitweise steh ich vor der Arbeit und weiß nicht mehr, was ich machen muss!! Das geht gar nicht!! Ich bin sehr langsam, stell mich manchmal auch bisschen „blöd" an. Den ersten Schaden hat sie schon verbockt ... Aber kaputt konnte ich immer gut. Das ist nicht neu ... Ich mache manchmal „neue Fehlerbilder"!! „Das hatten wir noch nie!!" sagt der Vorarbeiter dann. Nun ja, so isse!!! Zum Glück sehe ich es noch. Dann kann man „das Teil" wieder austauschen. Ärgern tut`s mich aber trotzdem!

Nächste Woche beginnt das große Wieder-Anlernen. Ich freu mich schon, wenn ich „alleine arbeiten" darf. Dann hat sie`s wieder!! Hab mit meinem Meister einen Plan gemacht.

Fange Montag am Tank an!! Mit Tom!! Der hat geheiratet! Ist Papa geworden …

Ich hab so viele Sachen nicht mitbekommen. Jetzt wird es aber wieder.

Tut mir ja echt leid, dass ich Montag Frühschicht hab. Ich werde meine Einheit Reha-Sport verpassen … Aber, halb so wild!! Der Trainer hat ja noch mehr lustige Leute, die er striezen kann … Ich werde es auf jeden Fall überleben … Arbeit bei uns ist auch Sport!! Leistungssport!! Wenn man sich dabei noch richtig bewegt, dann hat man super Training!!

Ich könnte ja auch zu Hause bisschen alleine machen, wenn ich Zeit finde … Hab paar Sachen von der Reha mitbekommen … Dazu brauch ich Dr. Sport nicht!! Die „Aufgaben" vom 1.Trainer hab ich mir auch aufgeschrieben. Wird also keine Langeweile aufkommen!! Aber Ostern ist zum Glück vorbei …

***

Bin mit Tom am Tank und hab gleich den erste Rüffel kassiert! „Zieh bitte die richtigen Handschuh an! Mit den Dingern lasse ich dich nicht arbeiten!" Man, oh man! Der Vattti ist ganz schön streng! Aber – was muss, das muss! Arbeitsschutz geht alle an!!

Wir haben ziemlich viel Spaß bei der Arbeit! Hab nur wenige Dinge vergessen. So hat Tom genug Zeit aufzupassen, was ich mache. Es scheint ihm schon leicht langweilig zu sein … „Ich geh mal auf`s Klo!" „Ok, super! Wasch dir ordentlich die Hände!!" „Ja, Chef! Macht sie!!" Als ich zurück kam dachte ich, es wäre besser gewesen, wenn er gegangen wär … Alter, das hat nicht einfach nur gemucht. Das hat schon geschmeckt … Man darf die Helden wirklich nicht zu lange alleine lassen!! Bei uns braucht man echte Nehmerqualität!!

Montag war toll! Morgen hab ich frei und werde es genießen! Mittwoch bin ich nochmal mit Tom am Tank. Donnerstag darf ich den ersten Takt alleine … Das macht mich ein bisschen stolz!!

Nee, ich muss nicht so lange warten. Ein Kollege ist ausgefallen. Ich darf am Mittwoch, die zweite Runde, schon alleine. Super!! Ich beschleunige wieder … Und ich kann … Donnerstag wird kombiniert und Freitag gibt`s den „neuen Takt" für mich!!

Nee, gibt es nicht!! Noch ein Ausfall!! Wir kombinieren wieder. Unser „Auge" ist kaputt gegangen. Der macht zu Hause Sport. Siehste … das ist nicht gesund!!

Aber ich finde es auch nicht so schlimm für meine Situation. Dann kann ich als Helmut gleich noch mal den Radhaus-Takt und meinen Takt „Gute Stube" auffrischen!! Ist ja schon wieder ein paar Tage her, als ich dort stand!!

Montag ist es geplant, mich auf dem neuen Takt fit zu machen. Mit Rocco!! Bei dem Gedanken werde ich schon leicht nervös!! Der ist so unkontrolliert hektisch!! Bin ja mal gespannt, wie es läuft!!

Läuft gut. Vor allem lauwarm den Rücken runter. Ich

glaube, Rocco hat auch was gelernt, als ich nicht da war. Der hat mich gut in die Spur gebracht! Am Tempo muss ich noch arbeiten. Aber es funktioniert ...

Ich hab übel Muskelmiez!! Dr. Sport hat „seine" alten Leute heute wieder furchtbar gequält mit Bewegung!! Kniebeuge mit Hanteln!! Meine Oberschenkel fühlen sich an wie Zentnersäcke ...

Ich hasse Sport!! Hab mich vorm losfahren mit Schmerzgel eingeschmiert, aber wirklich helfen tut es nicht!!

***

Spätschicht, bei 30 Grad im Schatten

Ich schwitze schon beim Reinlaufen wie ein Tier! In der Halle steht ein Horst aus verbrauchter, dicker, warmer Luft und Produktionsgeruch ... Fange heute am Tank an. Hoffentlich waren die Kollegen rechtzeitig auf Toilette ... Gott, wie mir graust!! Aber, wenn du einmal drin bist, gewöhnst du dich ganz schnell daran. Dabei sein ist alles! Das Duschen, nach der Schicht, ist dann das Allerschönste!!!

Hab schon wieder einen Termin mit der Staffel bei Frau Quiese. Feedback.

Läuft!!

Ich bin als Springer weiterhin geplant. Ich muss noch einige Arbeitsabläufe verinnerlichen. Sind noch 4 Takte übrig, auf denen ich jemanden zur Seite brauch. Ich bin sehr langsam, hab mir auch noch nicht alles gemerkt. Alle Takte wurden verändert, als ich nicht da war.

Das können die doch nicht einfach machen ... Aber, es wird!!

Nach dem Urlaub muss ich nochmal zu einem Gespräch antreten. Ein bisschen nervig finde ich das schon. Ich will doch nur meinen Job wieder machen!! Die ganze Aufregung darum ist für mich unverständlich!!

Der Rest der Woche war zwar ziemlich warm, aber für mich doch recht angenehm. Ich hab 9 Takte, den Helmut auch. Ich fühl mich wohl in unserem Team. Ich kann herrlich mit den Kollegen rumalbern. Arbeiten ist dann sehr locker. Mir brummt zwar der Ast dabei, aber es macht Spaß!!

***

Polterabend bei meinem „alten Kollegen"

Heute fängt mein langes Wochenende an!! Ich muss erst am Mittwoch wieder zur Frühschicht.

Vor zwei Wochen ist meine Waschmaschine kaputt gegangen. Jetzt wird es Zeit, dass ich wieder waschen kann. Unsere Schränke sind fast leer.

Das macht der Maschine aber nichts aus!! Das Teil ist ja noch langsamer als ich!! 3 Stunden, für einen Waschgang!! Ich werde bekloppt!! Jetzt muss ich mich schon wieder in Geduld üben!! Ich hab doch keine Zeit!! Ich hab für heute Abend einen Plan!! Naja, dann wird sie die Zeit halt zum Basteln nutzen!! Ich, als Grobmotoriker, hab eh mit dem feinen Zeugs zu kämpfen!! Hab meinem Kollegen eine Kleinigkeit besorgt. Das muss ich einpacken … Eine Karte muss ich noch beschriften … Hab ausreichend Zeit dafür!!

Ein bisschen ausgedientes Geschirr muss ich noch aus dem Küchenschrank nehmen. Die Dickmiez hat derweilen Spaß am Geschenk. Sind paar lange Bänder dran, damit könnte er gleich mal eine Runde kämpfen!! Der nutzt jede Gelegenheit!! Da geh ich aber dazwischen!! Ich hab so geschwitzt beim Verknoten … Ich war froh, als ich es zusammen hatte!!

Hab 3 Maschinen Wäsche gemacht!! Man, das Ding zehrt an meinen Nerven!! Nummer 4 rödelt halb acht immer noch … Ich mach jetzt erst mal los!! Party!!!

Herrlich!! Ich darf Dreck machen und muss es nicht wegräumen!! In der Garage liegt noch ein altes Waschbecken!! Mein Mann wollte, dass ich das Teil mitschleppe!! Aber, ich krieg das nicht alles alleine weg!! Ich hab Wochenende und muss mich auch ein bisschen ausruhen!!

Beim Kollegen war es herrlich. Ich glaube, er und seine Bald-Frau haben sich gefreut.

Mein Ex-Meister war auch da. Wir hatten große Wiedersehensfreude. Wir sind uns in die Arme gefallen, wie ein „altes Pärchen"!! Der hat gleich angefangen „alte Geschichten" aufzuwärmen!! Ich hatte die Sachen längst nicht mehr auf dem Schirm!! Wir konnten so lachen über den Käse!! Fantastisch!! Erzählte der, wie ich unseren neuen großen Chef empfangen habe!!

„Wer bist du denn? Du siehst ja voll wichtig aus, mit deinem bunten Papier unterm Arm!!"

Also – ich fand das nicht so aufregend. Der ist doch auch nicht mit einem goldenen Löffel im Mund geboren worden!! Ich hatte damals, denk ich, den Daumen drin …

Bisschen traurig war ich, dass Keule uns versetzt hat. Der war zum Kindergeburtstag eingeladen … Naja, muss ja auch gefeiert werden …

Ich hatte extra meine Tanzschuhe an. Ich wollte mit ihm tanzen … Die Musik war super!!

Das Bild muss ich mir dann wohl noch eine Weile aufheben!!

***

Heute war wieder Sport!! Aber mit Naomi ist es ok. Die weiß, dass man alte Leute nicht so sehr strapazieren darf. Heute hat sie mich auch nicht wieder mit Schlager gequält!!

Wir haben es uns auf den Matten gemütlich gemacht und mit den Beinen gekreiselt …

Wir lagen da, wie die Dunterklumpen!! Kein schöner Anblick!! Anstrengend war es aber trotzdem!! Jetzt hab ich schon wieder Muskelmiez (im Sitzfleisch) und Oberschenkel wie Zentnersäcke!!

Ich werde echt froh sein, wenn das mal irgendwann vorbei ist!!

Zur Belohnung gehe ich mit Frau Hummel nachmittags Eis essen!! Wir haben uns früh verabredet! Wir treffen uns bei unserem Lieblings-Italiener!! Der Kurze hat keine Lust!! Halb so wild, wir schaffen das auch zu zweit!! Wenn wir am Quatschen sind, langweilt er sich eh!

Wir grillen heute noch im Garten, dann kann er schon mal mit vorbereiten!!

Er liebt es, die stachligen Junikäfer einzufangen. Die bringt er für die Dickmiez mit nach Hause. Dann hat der auch was davon. Digger liebt Käfer, die laut brummen!! Der stürzt sich da drauf, wie ein Löwe. Erst setzt er einen echt fiesen Blick auf und dann fliegen die Fetzen!! Das muss man gesehen haben!! Miezekatze ist eben ein Raubtier!!

***

Das lange Wochenende ist vorbei. Mittwoch früh fangen wir etwas eher an. Hatte ein Gespräch mit unserem lustigen Vorarbeiter. Der ist eine Marke … Ich krieg schon das Grinsen, wenn ich nur an ihn denke …

Heute werde ich auf dem nächsten Takt fit gemacht. Ich hab mit meinen Kollegen echt Glück. Die kann man nicht überlasten, mit dem Wieder-Anlernen …

Unser Danilo ist recht entspannt. Der hat die Rute auf

den Arsch gekriegt!!

Ich hab früher mal alles gemacht. Bin nur zu langsam. Hab bei allen Takten ausprobiert, ob die Belastung passt. Ist fast alles machbar …

Bei den ersten Karossen guck ich ihm noch zu. Dann bin ich dran! Ich laufe und schwitze wie ein Tier!! Ich bin so unglaublich langsam!! Wo ist denn mein Material? Wer hat denn den Wagen weggefahren? Oh, seit wann hängt denn die Schraubanlage da hinten?? Was ist denn das hier für ein Derivat!! Bauen wir das schon lange?? Oh, das Nächste!!!

Mir läuft die Brühe. Das reicht fast für ein Vollbad!! Danilo ist immer noch entspannt und sorgt für Fehlerfreiheit. Den bringt meine Hetzerei nicht aus der Ruhe!! Super!!

Unser Meister guckt sich das Schauspiel aus einiger Entfernung mit an!!!

Nee, das kann nicht an mir liegen!! Die Band-Geschwindigkeit ist erhöht!!

Ich werde ja auch nicht dicker!! Die Klamotten laufen beim Waschen ein!

Ich hab eine gute Stunde gebraucht, um so halbwegs wieder die Spur zu finden!! Läuft!! Jetzt weiß sie wieder, was sie machen muss!! Finger ziehen!! Dann mal los!!

Wir sind die ganze Schicht beschäftigt!! Morgen probieren wir es noch mal. Vielleicht geht es dann schon schneller!!

Nee, geht es nicht!! Mit der Einteilung passt es auch

nicht mehr! Da ist wieder ein Kollege ausgefallen. Wir kombinieren nochmal, ab der zweiten Runde. Und was tut sie gleich zuerst??

Die Hälfte vergessen!! Bloß gut, dass unsere Erdbeer-Blüte in seinem Takt genug Zeit hat. Der brüllt gleich beim zweiten Mal!! Das ist mir so peinlich!!

Morgen wird wieder probiert. Und sie ist immer noch so langsam!! Die letzte Stunde vor Feierabend muss ein Kollege los! Ich darf an die Tanks!! Gott sei Dank. Das kann ich, fast ohne schwitzen!! Freitag wird noch mal probiert. Dieses Mal mit der Erdbeer-Blüte. Man, kann der quatschen!! Aber, er hat ja auch die Zeit dazu. Ich hab gesagt, er soll mich mal machen lassen!! Ich rufe, wenn ich Hilfe brauch!! Und es läuft!! Ich schwitze zwar wie ein Tier, aber heute bekomme ich es hin!!

Ich muss unbedingt meine Friseurin besuchen!! Unter meiner Matte ist es so warm!! Wer trägt schon gern Mütze im Sommer?! Schlimm genug, dass wir auf diesem Takt Schutz-Caps aufhaben …

***

Sonntags ist frei! Ich bin total erledigt. Hab heute den letzten Eintrag in meinem „Tagebuch" gemacht! Ist seit Monaten der gleiche Text! Nichts hat sich verändert!! Auch nach der Reha ist da nicht wirklich was Neues drin …

Mein Arm braucht dringend Erholung!!!

Wir haben noch eine Spätschicht – Woche vor uns. Danach mach ich Urlaub und lasse den Kollegen entspannt die Frühschicht übrig.

Ich hab damit kein Problem. Bei uns soll umgebaut werden. Dann haben die Kollegen auch Urlaub. Wir kriegen Betriebsruhe.

Ich werde derweil das Sommerfest für die Kinder vorbereiten.

Wir haben wieder gut gesammelt und die Kleinen wünschen sich in diesem Jahr einen Clown.

So soll es sein!! Hab eine lustige Clown – Show gefunden. Mit Luftballon – Modellage.

Nein!! Ich bin höchstens der Kasper!! Da muss sich der kleine Diego was anderes einfallen lassen.

Sport sollte verboten werden!! Montage kann ich überhaupt nicht leiden!!

Hab heute wieder so tierisch geschwitzt. Ich kam (Gott sei Dank) 5 Minuten zu spät.

Früh war ich bei meiner Friseurin und musste danach noch etwas anstreichen!!

Die Kollegen hatten schon angefangen. Ich hab dann mit dem Vattti weiter Ball gespielt.

Und der Trainer stellt sich vor die Tür, zeigt nur kurz, wie wir uns quälen sollen und guckt zu!!!

Eh!!! Das kann ich auch!!!

Warum hat der sich eigentlich an der Tür aufgebaut??

Hat der etwa Angst, dass wir abhauen?

Fragt er uns, ob die Einheit letzte Woche anstrengend

war!!! Natürlich!! Ich hatte zwar keine Zeit!! Ich hab zu Hause Nudelsalat gemacht! Der Plan war, meinen Kollegen den „Einstand" mitzubringen. Nudelsalat, Wiener und Bockwurst ... Aber das war auch anstrengend!! 2 Kilo Nudeln!! Du hast keine Ahnung wie schwer die mit den Zutaten sind!! 35 Bockwürste!! Wiener!! Ketchup und Mostrich!! Das muss man erst mal schleppen!!

Und was machen die Sportkollegen?? Die blasen die Backen auf und motzen!! „Du warst doch gar nicht hier!!" Die hätten das mal machen sollen ...

Aber diese Woche war ich da!! Hab mir 5 Minuten gespart und trotzdem geschwitzt.

Ich hasse Sport, Muskelkater und Schwitzen!!!!

Ich werde echt froh sein, wenn das mal irgendwann vorbei ist!!!

Nachwort

Es ist soweit!! Ich bin wieder im System!! Hab mein altes „chaotisches, krankes" Leben wieder!! Bin auch weiterhin als Springer geplant!! Hab ja gesagt, dass ich irgendwie anders bin!!

Jetzt bist du mich los!! Hab keine Zeit mehr!! Geh ja schließlich wieder Arbeiten, wenn mein Urlaub vorbei ist!!

Danke, dass du dir die Zeit genommen hast und die Grütze das Hirn wechseln konnte!!

Mein rechter Arm (als Rechtshänder) hat ein Leistungsdefizit! Damit muss ich mich jetzt arrangieren! Konzentrieren und ausgleichen. Hab ja zwei Arme!! Macht sie!!!

Mache weiter mit Bewegung! Muss halt sein!! Fitness kannste nicht kaufen! Da musste mal die Arschbacken zusammen kneifen!!

Wir spendieren den Heimkindern auch dieses Jahr wieder ein Sommerfest! Wer hat es mehr verdient, als die Kleinen …

Bin immer noch in Kontakt mit den Reha-Mädels. Freu mich jetzt schon auf ein Treffen in den Sommerferien …

Mein Hirn hat wieder Kapazität und mein Katalog für Ausreden hat eine neue Seite!

Ja, jetzt ist Juli!! Hat etwas länger gedauert!! Aber ich hab auch gesagt, dass ich langsam bin!!

Ich danke allen Beteiligten. Allen, die mich wieder auf die Beine gestellt, mir geholfen und meinen Optimismus zurück geholt haben. Auch wenn es schwierig ist mein Vertrauen zu bekommen! Sind eine Menge echt

gute Leute, die ihren Job richtig gut machen!!
Unbedingt weiter machen!!!
Danke!!!

***

Zeitfracht Medien GmbH
Ferdinand-Jühlke-Straße 7
99095 Erfurt, Deutschland
produktsicherheit@kolibri360.de